還是相思好

顧日凡 著

CONTENTS

楔子

殘照相思樹，樹下說相思。相思令人苦，思君令人老。
長念無自主，欲棄猶自傷。斷續苦思量，還是相思好。

第一章

天泛微藍，幾抹棉絮長雲池邐，遠方皴染淺淡金黃，碧水白浪捲，殘葉黃沙吹，一身素縞的苗條女子衣帶飄飄，在沙灘上悄然獨行，三面群山環繞，輕霧裊裊，山下一片墨綠、褐黃、亮紅的樹林，驀地，女子在空中抄了一片飛舞橘色的楓葉，凝視半晌，低聲喃喃自語：

「黃葉飛，春杳然，芳草無情。」

「白夫人，等我一下。」一名美貌似紫鵑的女子步履蹣跚追著她。

「痴情司，你走得太慢了。」女子回頭看她。

「對不起，夫人。我已經是你製造最新型號的人工智能聊天機械人，能夠在崎嶇不平的地上走動自如，祇是雙腿還是遲鈍了一點，不能在鬆軟的沙灘穩當輕盈步行。」女子皺起眉頭，合十嗔怨。

「機械人的雙腿始終不及人類靈活。」

「夫人，根據輸入的資料，人類雙腿的構造實在太精巧複雜了，要用幾十組肌肉、上百條神經控制，恐怕再過二十年也不能製造一雙機械腿媲美人類啊。」

「要是阿當……。」白夫人看著它輕聲嘆息，轉身望向遠方的小島。

「創世紀記載阿當是上帝製造的第一個男人。」痴情司正經八百敘述。

「不是上帝的阿當。」

痴情司眨著長長眼睫毛，烏溜溜的美目不停轉動，側頭沉思片刻，撇嘴說：

「那麼是那個阿當？我沒有其他資料啊。」

「阿當……？阿當很會接吻呢，經常索吻，尤其是濕吻，八分主動，二分慵懶，如跳舞進退旋轉扭動，經常故意在我耳邊說些無聊話逗趣，惹人遐思，撩人心魄，莫道不銷魂。」

「無聊話是什麼？濕吻是什麼？撩人心魄，莫道不銷魂又是什麼意思？我的資料裡只有吻手、吻臉和接吻的定義。」

「不知道他們進行得怎樣？」

「進行些什麼？夫人。」痴情司再追問。

「春感司已經將快艇停泊在碼頭了。」白夫人不理睬它，扭頭看海。

風發浪湧，好像快要淹沒前方的小島，白夫人看得發呆。

「夫人，這裡風大，小心身體啊，你經常憂思憂慮，過度勞累，血糖低，雙腿容易發軟，你仍在吃藥啊。」痴情司鄭重其事說，上前攙扶，白夫人牽著她溫暖的纖纖玉手，放慢腳步走向延伸到海中的枕木碼頭，春感司扶著她上船，痴情司在後面照應。

快艇如箭離弦在波浪上飛馳，白夫人迎風而立，幾縷黑髮在白皙精緻的臉龐縈繞，妙目盼兮，小島二邊隆起勻稱的山丘，形成對峙崖壁，中間是平坦小路，絢爛旭日從隘口冉冉升起，漫天彩霞。

「夫人，再過幾分鐘就到忘情島。」春感司穩定地握著方向盤報告。

「夫人，為什麼叫做忘情島？」

「痴情司，你什麼也不懂。忘情島源自忘情水，忘情水就是孟婆湯，喝過孟婆湯會讓人忘卻前世的愛情怨恨、背叛和憤怒，再世為人。」

「什麼是愛情？什麼是背叛？」

「愛情？對女人是等待，對男人是狩獵；背叛，女人由心開始，男人由身體開始，任何背叛都十分可恨，一定會受到懲罰。」白夫人咬著嘴唇，堅定說。

第二章

程郢這一次任務十分搞鬼，其實也沒啥稀奇，她打工的機構本來就是一間古古怪怪的徵信社，專門接受一些刁鑽詭奇的委託。

她打開衣櫃，用手指掃瞄衣物，細心挑選了一個有防衛功能的胸罩，穿著它不僅令身段婀娜多姿，裡面裝置了一個感測器，能夠檢測女生對異性的心跳速度，要是穿戴者不喜歡對方，配套的手機應用程式會控制胸罩產生靜電層，祇要他有半點越軌的行為，就立刻會受到懲戒，承受電擊針刺的痛楚，反之而言，要是看到心儀的男生，女生的心跳達到某一個程度，應用程式就會將胸罩解開，這是二零四六年最新進化版的神奇胸罩。她穿上白色長袖襯衣、淺藍色短褲和半跟黑色絨毛短靴，外罩英倫風的深藍色乾濕長大衣，突顯她高挑均勻的身段，她在全身鏡前撥了撥清爽的短髮造型，搔首弄姿一番，忽地收起媚態，神情肅穆出門。

她戴上型格頭盔，騎上超皓帥氣的電單車，點著引擎，即時發出隆隆聲響，車子突然向前衝，加速狂飆，大衣風中飛揚，像蝙蝠在空中靈活自如飛翔，風馳雷掣駛到一處寧靜中產階層的住宅區。

斜陽正豔，暈染醉紅半邊天，梧桐樹葉被秋風熬成鏽斑點的黄褐色，是『秋水篇』的鳳棲梧桐嗎？這是江南到廣東特有的樹種，她細賞了一會，總覺得它不及銀杏落葉呢，就算從樹上掉下，還是那一種款款濃情、始終不渝、天荒地老的純正明黄，心中倏然冒出思維，如專一純美的愛情？驀然，她不假思索低吟：

「明黄的憂鬱擦傷了我的青春。」

她愣了一愣，為何忽然悲秋怨黄葉？黛玉葬花纏愁緒？這不是故我的風格，她看著晚照變幻莫測的雲彩，出神半晌，百思不得其解，搖一搖頭，放下思潮，抖擻精神邁步上樓。

她按下門鈴，一個嘴巴噘得老高的年輕女子打開門，倒吸一口氣，瞪眼不斷上下打量她，口出怨言：

「他們竟然派遣了一個文秀羞怯的男人頭到來？怎辦得了大人的事情啊？」

程郢皺眉瞟了她一眼，瀟灑俐落脫掉乾濕大衣，隨手一甩，將它飛揚到沙發上，扠著腰肢擺了一個誘惑動人的姿勢，斜著勾搭的媚眼。

「哎吔吔，了不得，真人不露相，內裡藏珍，竟是一個巨胸細腰、勾魂攝魄的騷貨。你叫什麼名字？」

「我沒有那麼厲害，都是神奇胸罩的功勞，我不是騷貨，我是男人夢寐以求的女神。還有，在這件棘手的任務上頭，名字並不重要，你喜歡就叫我玲玲吧。」

「對對對。」

「廢話少說，準備好了沒有？」

「東西已經安裝妥當，你快點換過布鞋，他隨時會到來。」

女子抱起乾濕長大衣和短靴跑進睡房躲藏。程郢換上布鞋，扣好襯衣紐扣，門鈴就響起來，程郢不慌不忙打開門，秀著嫵媚體態，迎接一名衣冠楚楚的男士。

「你好。我是玲玲，打零工幫忙做家務的，你一定是保羅了，珍妮剛下樓買東西，告訴你等一會。」程郢瞇起眼看著他。

他避開她的目光，逕自坐到沙發，到處張望。

「你的年紀也很小吧，是個高中生？」

「不是啦，人家今年剛進大學第一年，念英文系。據珍妮說你是哈佛大學法律系一級榮譽生呢？」程郢裝出仰慕的聲音，扭著腰走過去挨著沙發。

「是的。還跟合夥人開了一間律師行。」

「業務好嗎？賺不賺錢？」

「生意還不錯，聘用了十多名員工。」

「英文系有點悶，我也考慮轉系念法律。」程郢馬上轉為嬌滴滴的腔調。

「珍妮會隨時回來呢。」

「她到超級市場買菜，準備今晚燒牛排享受二人浪漫的燭光晚餐，要花好一點時間才回來呢。」程郢挺起胸，像愛嬌的貓咪伸了一個懶腰，風情萬種看他一眼。

「你有沒有男朋友？」保羅像獵鷹瞥了她一下，轉移視線面對壁櫥，扭頭問。

「有喔，但那是一段開放及快要成為過去式的關係啊。你的身體很強壯耶，胸部挺多肉呢，腰部很有力，小腿必定很結實，你玩健身？」程郢很自然走到沙發坐下，伸長身體挨近他。

「沒有啊，律師行的工作很忙，祇有在空餘及假日到公園跑步或做一點舉重運動。」保羅一本正經避開她的靠攏。

「也許我們喝點酒之後做些運動，你明我的意思喲？」程郢像貓咪慵懶地坐開了一點，露出迷人的微笑。

「我們還是談別的吧。」

「人家不要呢，我喜歡主動的男生嘛，你拿你想要的，我喜歡這樣，當然，我也會……。」程郢左手搭在沙發的椅背上，右手玩弄髮梢，笑瞇瞇，翹起右腳踢來踢去，側著頭不安份看著他。

「我還是先走了。」

保羅果斷站起來，邁向大門，突然睡房門打開，珍妮跑出來擁抱狂吻他。

「保羅，我愛你，你真是一個忠誠可靠的男人。」

「發生了什麼事情？你要好好解釋。」保羅漲紅了臉。

「我會的，保羅打令。謝謝你，玲玲。」

「好了，我的任務已經完成，我要走了。」程郢快速穿上乾濕長大衣和短靴，冷冷回答。

她沒有回家，卻來到燈紅酒綠的酒吧區，幾天前她看中了獵物，是一名優秀英俊的中年男子，從他高檔的衣著、典雅的舉止猜得出他是大公司的高層職員，但是他全身滲出寂寞的訊息，她選了一個離他不遠的位置，讓他看見她標緻的側面，她點了一杯兌了冰的威士忌，纖巧的手指優美地端起酒杯，哀怨啜飲，輕輕撥了一下頭髮，將頭髮攏向後面，刻意表現秀色可餐，她有信心這些女性化的小動作最能吸睛，再凝神發呆沉思，良久，才眼神空洞瞟他一眼，視他如無物，讓他看見她鮮妍又令人心痛的面龐，他的目光總是離不開了她，她知道男人喜歡主動捕獵，她卸下獵人身份，扮演一只受傷的獵物，她從眼角瞄到他走向自己，她懶洋洋地站起來，無視他的存在，倏忽離去，他茫然若失，看著她輕盈婀娜的身段曼妙扭動，翩若驚鴻消失在門外。

第二天程郢回到徵信社，它位於鬧市一幢沒有安裝升降機的樓房四樓，每次一口氣爬上辦公室也喘氣吁吁，大門鑲住『洪荒徵信社』的招牌，裡面很嘈雜，她按過門鈴，再大力砰門，扶著大門用力吸氣，突然大門打開，她失了重心，踉蹌幾步跌進去，她十分尷尬站穩，隨即高聲叫道：

「死矮胖子基佬，你存心靠害，信不信我揍你。」

「是你粗魯拍門，我才急忙打開，你又不顧儀態挨著門吸氣才會跌倒，是你自作自受，與人無由。還有，我不是基佬，也不是胖子，我是彩虹天使。」

「你不要往自己的臉上貼金啦，你是天使？我就是聖母瑪利亞。」程郢扠著腰像只茶壺指著他。

「你是玉潔冰清的聖母？鎖骨觀音才真呢。」胖子反唇相譏。

「死肥仔，為什麼你不像其他同志一般的細膩、敏感、體貼和不大像男人。」程郢繼續嘲弄他。

「你也不像江南女子靈秀溫柔，待人接物得體妥貼，你魯莽無禮，言語粗野，一點也不像女人，白目程郢。」

「你怎知我是江南人？我的名字要用江南話念才好聽，雞掰娘娘腔基佬。」程郢笑著說。

「是你上次喝醉酒不記得曾經告訴我。你看得太多膠劇，那些白痴影視製作人整天消費我們的形象，總是把我們塑造成娘娘腔，一天到晚嬌聲嗲氣黏著男人說話，我們是普通人，也有七情六慾，祇不過男生喜歡男生，又不妨礙別人。」小胖子拉大嗓門反駁。

「你還不是整天鬼頭鬼腦想著怎樣釣男人。不要囉囉唆唆長篇大論，快點倒杯水給我。」程郢大聲叫他。

「總之我的興趣跟你不一樣就是呢。而且你不要大剌剌使喚我，我是陸社長的助理，不是你的助理。」

「你搞錯了，你是辦公室助理，不是陸社長的助理，剛才你還不是在吸塵打掃嗎？」

「我祇是空閒沒事幹才吸塵當做運動。咦，你昨天的任務怎樣？」小胖子遞給她一杯清水。

「你上一次勾引揭穿那個偽裝假同性戀的傻瓜好笑得多啊，那個假基佬被你毛手毛腳嚇得臉青唇白，全身發抖，以為你真的會搞他呢，最後落荒而逃。至於要知珍妮後續事情，我們去看她的臉書吧，她說過會把事情經過放上網，跟朋友同伴分享，炫耀她獲取真愛。」

二人開著枱上的電腦，點按到珍妮的臉書，觀看上載網絡的偷拍片段及留言，珍妮樂不可支地回味：

『我為了測試男朋友對我的忠誠，特地聘請了一名年輕貌美，身材超棒的女子，故意色誘我的男朋友，結果證明我的男朋友是一個坐懷不亂，真心真意愛我的誠實新新好男人，為了獎賞他，我們吃過二人浪漫燭光晚餐，上牀嘿咻，大戰三百回合，身心獲得空前滿足。』

他倆又翻到保羅的臉書，他發表的時間比珍妮略早，二人湊在一起細讀，跟著捧腹大笑。片段裡保羅氣憤剖白：

『我來到珍妮家裡，她出外購物，卻發現一名性感美女，她長著女孩子清純美麗的臉孔，成熟婦人出眾的魔鬼身材，最妙的是她主動勾搭我，我順勢想要發動進攻，突然瞥見了壁櫥上的針孔攝錄鏡頭，即刻醒悟有人正在監視我們，那個人就是珍妮，我十分憤怒，但是仍按捺脾氣，繼續假正經扮演正人君子的角色，徹底騙過了她，晚飯後，她騷勁十足發姣，投懷送抱邀我上牀，我也奮力跟她做愛，因為這是我跟她最後一次，說到底錯的在她，不是我，我不會找一個疑心極重的妒婦，耍手段測試我的瘋子做我女朋友。』

「這個女人真是笨蛋，請人色誘男友及偷拍已經不道德，還要把偷拍片段放上網，簡直是挑釁踩場，欺人太甚，娶了她做老婆，一世受刑，也難怪他絕地反擊，占了她的便宜還賣乖，無情摔掉她。」阿森一直抖著腳得意說。

「千差萬錯都是那個蠢女人，是她破壞了二人互信的關係，要是他們的朋友看了偷拍片段，男友情可以堪，聰明的女人會深思熟慮，揭穿事情會引致災難級的後果，試探完後應該不動聲色，扮作若無其事，令他吃了啞虧，無話可說。」程郢嘴角藐藐說。

「蠢人做蠢事，自作聰明囉。」

二人又再爆笑。

「二位早啊。有什麼笑話這樣好笑？說來聽聽，讓我也分享。」一把淳厚好聽的男中音插入。

「社長，早安啊，我們正在討論程郢昨天的任務。」

男子年紀四十出頭，相貌端正，理著貼服的三七分西裝頭，方形金絲框眼鏡，穿著鐵灰色三件套西裝，白襯衫，墨綠色領帶，深色襪子和發亮的黑皮鞋，步履平穩走進來，放下手提文件箱，坐在書枱上深感興趣看著他們。

「叫胖子金森告訴你吧。」程郢說著，走到三人座的長沙發，放鬆身體大字型癱軟躺在上面，閉目養神。

「你這樣躺著，太有自甘墮落的味道。」社長神情不滿看著她。

「都是你害的，派給我那個怪誕詭詐的任務，我要出盡九牛二虎才能完成耶。」

「不要騙我啦，翹班、泡吧、釣男人、遊戲人間是你的專長，這點小事又怎能難得到你？」社長意味深長說道。

「你講得我這樣厲害，對男人無所不能，又不見得我把你泡上手。」程郢用手遮著眼睛，口沒遮攔反駁。

「我怕被你傷害。」

「程郢，你也少條筋，沒大沒小，調戲社長。」阿森忽然出手。

「二位兄台同道，放過小弟吧，我昨晚泡吧泡得很晚喔，腦筋不靈光，請多多包涵。」程郢按著額頭二邊的穴道搓揉，裝作可憐。

「看著你倆這個月案件達標的份上，就讓你們躲懶幾天吧，遲一點我們會接辦一件大案子，酬金優厚。」陸社長說過後，迅速走進社長室，關緊了門。

「社長為什麼最近神秘兮兮？整天躲在房裡，還鎖上門，是否有重大秘密？」程郢仍躺在沙發上，歪著頭問。

「我才沒有你那麼雞婆。他是老板，愛怎樣就怎樣吔，我才懶得傷腦筋。」阿森開始滑手機。

「我們接辦的案子這麼少，不知道徵信社怎樣維持經營？」

「我怎知道？可能每件案子的酬金很多吧。況且，我祇是打工，祇要每月領到薪水過活，什麼也不管。」

「你覺不覺得社長的背影好熟悉，很像一個人呢。」

「是否明星還是網紅潮流人物？」

「不是啦，笨蛋。」

「我跟你沒有共同的朋友，不知道你說誰。」小胖子斜看她一眼，專心打電玩。

程郢闔上眼也不答話，忽地窗外吹來一片樹葉，剛巧飄落在她的臉上，她嚇了一跳，張開眼看見是一片明黃的銀杏葉，不期然地低聲吟誦：

「我不特別喜歡黃色，但是跟你一起看過名古屋秋天的銀杏樹後，從此愛上黃色。」

「為什麼突然說話文縐縐充滿詩意？一點也不像你，你知不知道銀杏的花語是堅韌、沉著，純情之愛？」胖子的表情忽然變得認真。

「我不是純情女，我是百變九尾狐，愛媾男生。」程郢藏不住笑意。

「哼，什麼純情女？那麼『你』是誰？你們同遊名古屋觀賞銀杏？你從此鍾情黃色？但是你總是穿著黑白灰藍色的衣裳。」胖子語氣尖刻。

「嘎……。」程郢突然啞口無言，側頭努力想，沒有結果，換話題問：

「話說回來，社長叫什麼名字？」
「你不知道嗎？那麼你是怎樣找到這份工啊？」
「事情玄之又玄啊，有一天不知從那裡飛來一個簡訊，說已經將我加入一個群組，那個生疏的群組又瘋傳一份徵信社的工作，問誰等錢用，我當時失業，覺得偵探工作有趣也不錯啊，便到來應徵，見到社長，三言二語就搞成，重點只提工資，社長就叫我隔天上班，當時也沒有給我名片。」
「咦，社長一向穩重喎。他叫陸宇。」
「是嗎？怪不得徵信社叫做『洪荒徵信社』，他有沒有弟弟叫陸宙？」程郢闔上眼假寢笑嘻嘻說。
阿森驚訝地看著她，程郢等了好一會，沒聽到阿森的回應，張開眼轉頭望他：
「怎麼你的表情怪怪的？」
「原來你跟社長是舊相好，怪不得你隨隨便便就能夠來到徵信社工作，還要瞞騙我你倆不相識。」阿森嘟囔著嘴巴微慍。
「毒舌基佬阿森，怎麼誣陷我和社長曖昧親昵喔？我發誓我從來沒見過他，也不想知道他的家事。」程郢信誓旦旦。
「真的嗎？」

「我知道了，你這樣緊張我跟社長的關係，你在妒忌呢，你看上了社長。唔，社長的模樣也不錯啊，風度翩翩，不是很有錢，但絕對是個可靠的伴侶，哈、哈、哈。」程郢對他　眼，促狹賊笑。

「你這個壞心眼的女人，我才不會看上古老石山，我喜歡年輕帥哥。喂，晚上去不去喝酒？」

「謝了，今晚我的獵物就要上鉤了。」程郢胸有成竹說。

「你經常抱怨很快對他們玩膩了，你怎樣摔掉他們？」

「祇要大吵大鬧幾次，就很容易掰掰啦。」程郢神態吊兒郎當回答。

「大吵大鬧些什麼？說他不愛你？說他不肯跟老婆離婚？」

「才不是，誰想整天對著一個人，想起也悶死了。我說要結婚。」

「什麼？相識不久就喊話要結婚？」

「這就是玄機妙著。」

「你喊了多少次結婚？」

「死胖矮子，你管不著！」

第三章

1.

天空泛著魚肚白，雀鳥勁兒鳴叫，一名禿頭老者從山上緩步走下來，步履平穩踏著滿地竹葉的小路，風吹竹動，沙沙作響，細聽像做早課的梵音，他慈眉善目，口角含笑，穿著一襲尋常休閒款式的寬身灰衣長袍，高價限量版的醒目球鞋，意態悠然，一副養尊處優的富貴閒人，對著幾名氣吁吁上山的初老男女瞧了一眼，鬼頭鬼腦看到沒有陌生人才和氣向眾人招手，態度變得從容說：

「各位早晨，今早天氣很好啊。」

「大師，早晨，剛在山上打完太極嗎？」

「是啊，上面的空氣很清新，很適合鍛鍊身體，你們也進行每天晨操爬山呢。」

「是的，晨操後會到齋菜館子品茗，最近很少碰到你啊。」

「這些日子公司事務較忙，沒空到那裡跟各位聊天傾佛偈，有緣再談吧，再見。」

各人寒暄後各行其是，老者來到一幢被翠竹森森包圍的獨棟樓房，樓房外形新穎，用反光玻璃做牆幕，他像隻老鼠鬼鬼祟祟左右張望，看到沒有人跟蹤，立刻掏出鑰匙急忙打開大門，竄入屋裏。

屋內裝潢簡潔，柔和淺褐色的杉木地板，擺放了式樣典雅的酸枝家具，LED闊屏幕電視機、步行機及空氣清新機，客廳中央掛了「妙湛總持」的四字橫匾，下面安放了一座精美佛壇，當中供奉一尊如來佛，老人家來到佛前，雙手平舉當胸，五指合併向上，口中念念有詞，拜了三拜，忽然後面傳來開門聲，一名徐娘半老的女子從睡房像條蛇扭動纖腰走出來，她皮膚白皙，身穿有領子窄小的粉紅色T恤及短褲，充分表現她凹凸分明的身段和線條優美的雙腿，她走到男子的後面，摩挲他的後頸膩聲問：

「超建甜心，路上有沒有遇到什麼麻煩喲？」

「我已經非常小心，留意有沒有陌生人跟蹤，除了出席必要的公開場合，不到公眾地方如齋菜館子品茗。幾天前我看見山頭有反光，不知是否有人偷拍？你還是將窗子的電動簾幕關上吧，咦，你塗了新香水？」老男人像條餓狗湊在她耳後用力吸氣。

「算你啦。但是有什麼好害怕耶？反正已經豁出去啦。是他們妄語兩舌，犯了口業，不關我們事。」女子咕嚕咕嚕嗔怨，不情願走去按下開關。

「惠心，小心駛得萬年船，寧給人知道，莫給人看到，最怕留下蛛絲馬跡，給人偷拍了照片，招人話柄。話說回來，昨天你駁斥那些好事之徒十分精采。」

「我不會被叫囂聲嚇倒。我說清者自清，我說有，你們會這樣寫，我說沒有，你們一樣也這樣寫，有還是沒有，也不會讓你們寫。」惠心一臉得意洋洋。

「好一個女辯才。」

「我是跟你學習四兩撥千斤的太極招數。好像上次那件女住持假結婚風波，你舌燦蓮花，對答如流，最妙是答了等於沒答，你對記者說：『你有煩惱不等如我有煩惱，但我有煩惱就真正是我的煩惱，所以你說我會選擇那樣？如果我答了你，我便有煩惱。』，將他們耍弄得團團轉，大快人心。」

「那祇是小試牛刀，講一些費解又含糊其辭的說話，令他們找不到重心，不知怎樣攻擊我們。可是外面傳得沸沸揚揚，弄得滿城風雨，到底也挺煩人啊。」

「他們討厭得像蒼蠅纏身，如蟻附羶，我們到外地旅遊散心吧，避開蜚短流長，使得耳根清靜。」

「躲避到那裡去啊？就算我們去韓國或泰國禪修，上次去首都參加組織的成立周年慶祝會，遠到去內蒙古庫倫銀沙灣遊玩，他們總是追蹤得到，還將你駕駛越野車的情形放上臉書，描述你的行為狂喜放縱，批評你不守本業，旁人也即時起哄，指手劃腳，議論一番。」

「人家真的喜歡越野車玩意嘛，鍾愛它極其刺激奔馳。」女子嘞嘴撒嬌。

「我們要到一處杳無人煙，風景秀麗的地方輕鬆度假幾天。」

「我們去夏威夷吧？」
「不行，那些事情都是由夏威夷惹起。」
「我們去那裡好呢？」
「『白夫人慈善基金會』的臉書版主邀請群組朋友到她的私人小島度假，經過抽籤，我們獲邀赴會，不過那裡離市區很遠，舟車勞頓，不知道你是否受得了？」
「祇要跟你在一起，什麼苦我也受得了。」惠心親熱抱著他的腰身說。
「你真是我的心肝寶貝。」他愛憐地撫摸她蓬鬆的長鬈髮，輕吻那張白裡透紅的臉蛋，緊握她柔若無骨的小手不放。
「來吧，我們洗個按摩浴，鴛鴦戲水。噢，可不可要求白夫人安排一個可以望到海景的獨立屋子給我們？還有我想房間裡也有一個超大的按摩浴池，跟夏威夷的別墅那個一式一樣。」她輕輕甩開他的手，嘟著嘴巴，斜眼看他。
「等會我發一個電郵問白夫人，我跟她很熟絡，她定能滿足你的要求。」
她笑著一邊脫掉身上的束縛，一邊跑進浴室，轉身吹他一個飛吻，拋他一個挑逗的眼神，他貪婪地看著她雪白的身體、上下抖動的胸部，口中念念有詞。
「佛說：『前世五百次回眸，換來今世一次擦肩而過。』何況是多次鴛鴦戲水。」
他也脫下灰衣長袍、衣物，赤身露體，徐徐跟著她。

2.

二個初老的女人在和風吹拂，綠樹成蔭的花園散步，綠油油的草地，中央有一個圓型的細小噴水池，眺眼遠望，灰濛濛的天空，墨綠色的繁忙海港，摩天大廈林立，摩肩接踵的國際金融區就在下面。

「這裡有一種大地在我腳下的感覺。小絲，能夠入住這裡使我的工作與私人合一，我經常在花園裡思考問題，我開始覺得工作是輕鬆，你想像不到我在職位中滿足感有多大。」

「大絲，你為了得到這份工作也夠糗了。」

「你在胡扯什麼？」大絲怒氣沖沖質問。

「我是說你多場爭奪幹部崗位的爛秀，是多麼堅離地啊。你搬離員工宿舍，發覺家裡沒有廁紙，到便利店購買才知道沒有廁紙賣，連夜返回宿舍過夜；乘搭地下鐵插入車票後，愣在入閘機前面，不知所措，還笑吟吟說最後竟然去錯了殯儀館，十足黑色笑話；做親民秀也露出馬腳，與隨從逛街視察時，見到一名老丐婦獨坐街頭，你還沒站穩腳，隨即從手袋裡掏出五百元，急忙擺好姿勢，塞在老丐婦手裡，讓尾隨採訪的傳媒拍照，你的慈善心腸只會見於拉票做秀的時候。」

小絲撇著嘴說。

「我私事是笨拙了一點，沒留意地下鐵車票怎樣使用，廁紙在那裡購買等等，但是在公事上，一般人都說我英明神武。」大絲揚一揚眉。

「你真是勇於稱讚自己，令人不勝負荷。」

「你也好不了多少。你是土木工程師，出版過一本關建築的書藉，更曾任建築物條例上訴審裁團主席，自己家裡被傳媒揭發有十五平方米的非法建築物，還辯說買下屋子，住了十多年，始終沒發現建築違法，你不夠警覺，市民批評你沒有誠信，不能擔任法律要職。」

「你們也毫不理會批評，最終你還不是要做秀自言自語，夢囈似的全力給我護航：『小絲政治上稍欠敏感，警覺性不足，而且她忙得令人吃驚。』視民意如無物。」

「民心民意算個屁？我們根本不需要民選，也不要民心民意，我們就是組織欽點的精英，全力執行政治任務。」

「那麼你就肉麻當有趣，公開情書，裡頭寫著老公期望你在新崗位上為市民努力工作，為徹底改革H市的公務員制度做出成績，媲美強大組織的夫婦在新婚夜抄寫幹部規章，精緻的形式主義，真是一片春心紅到老。別忘記，你是外國人豢養幾十年、悉心栽培的公僕，你有奶便是娘，反轉豬肚就係屎。」

「你也鬧出一個國際大笑話，控告那個抗議水貨客橫行的示威OL，用胸部襲擊警察遭到定罪，審訊時也沒有公開該警員受到什麼傷害，反而當時那名OL被警員推倒在地上，幾個男警員將她按住制服，再扶起她時已經跌得口鼻流血，浴血街頭，被外國傳媒放上頭版，標題『某地女性的乳房成為襲擊警員的凶器，反問警員受了什麼傷害？』youtube播放整個事件發生過程。」大絲怒氣沖沖反唇相譏。

「她誣告警員。首先她沒有就非禮的事情投訴警員，她三十歲了，第一次被非禮是一件非常大的事情，不可能如她所辯稱是按律師建議不報警，我認為她故意用胸部撞向警員襲擊他，再杜撰非禮指控，行為非常惡毒，況且以乳房，即胸部施襲被控告，法理上絕無問題，就好像可以用手、用腳或用頭襲擊對方一樣。我要彰顯公義，判處阻嚇性的刑罰，判她入獄三個半月。」

「我明白，你根據組織的指令要維穩，殺雞儆猴，但很腦殘。」

「我腦殘？怎及得你如簧之舌，天花亂墜，將黑說成白，顛倒是非說：『有些人到今天還不肯接受新憲制秩序。』既然沒有經過立法的程序，那裡平白來的新憲制？你懂不懂什麼是法治？真的是你說了就算數？你江青附身，拳打本地小憲法，腳踢一個組織二種制度，還要呼天搶地，頓足捶胸，裝傻充愣扮無辜，控訴受到網絡欺凌。」

「我不是公僕，是官員，那些行動都是為組織官家、主子辦事，為何要欺負我？組織準備立法打擊發放假新聞、假消息，杜絕網路欺凌。」

「你也顧一下身份吧，整天掛在口邊什麼官家、主子，經常怨天怨地被人罵，你領取的薪水，你超然的地位包括被人民的批評，你為表赤膽忠心，還將老公押上瀰漫毒氣霧霾的京城做人質。」

「總好過你到外國訪問，趁便偷吃炸魚薯條，被組織立即召回京城吃餃子，還說下次要邀請你全家到北京一起吃。所以我本身的生肖不是屬狗，但我也有狗那份忠誠，對組織官家並無異心。」大絲冷笑。

「你最有狗那一份忠誠，狗官。你看清楚你管治的是什麼人？」小絲鐵青了臉反擊。

「他們不是公民，是老百姓。官員督促老百姓工作養活自己，他們有義務交稅供養我們，我們管理得宜，自組織安全法例生效後，情況由亂到治，由治及興，組織才能如此強大，睥睨全球，萬邦來朝，實現組織官家夢。」

「是啊，老百姓像牲口？是組織的私有財產？還是韭菜人礦？隨便收割開採消耗？然後像垃圾廢物丟掉？」

兩人像二隻瘋狗互相噬咬後安靜下來，小絲仍然趾高氣揚，大絲抿著嘴巴，緊繃著臉，半晌冷漠的說：

「批評我們官員，就是挑戰組織官家的權威和地位，組織官家安全條例訂定企圖敵視、藐視、煽惑藐視官員或組織都是犯法，老百姓要懂得何時噤聲，組織祇須要忠誠的反對派，不要拖後腿的議員，老百姓必須絕對聽從組織說話、跟組織走、為組織創富、為領導人創富。等著瞧吧，組織遲早會強力收拾他們，令他們叫天不應，叫地不聞，自生自滅，從此以後，立法會祇有支持組織的聲音。」

「老祖宗說過：『黨外無黨，帝王思想。』」

「我們同坐一條船，不要再互相踐踏攻擊啦。找個遠離塵囂的地方透透氣。」

「『白夫人慈善基金會』邀請我們到她的私人小島度假，我們就去休息幾天吧。」

「就這樣決定吧。」大絲說完，不歡而散。

3.

相貌娟好的女子頭髮蓬鬆，臉色青白，衣衫凌亂，嘴巴不斷嚅動，神情焦慮，經常不安搓揉雙手，她在行人路上來回踱步好幾次，時而停下來抬頭看望對面公寓大廈，終於按捺不住，抿著嘴，握著拳頭，挺身橫過馬路，走向大廈。

女子按鈴，不一會大門打開，一個中年婦人隔著鐵門不發一言，雙眼冒火盯著她。

「我要見阿達。」女子氣勢凜然，大聲叫喊。

「原來是你，狐狸精，居然膽敢上門踩場，你知不知醜？阿達就是不想見你，才叫我出來趕走你。」

「我不相信阿達會這樣絕情狠心對我，一定是你阻撓他，不許他見我。讓我進來，三個人一起說清楚，解決問題。」

婦人雙手抱胸睥睨她，嗤之以鼻。

「你深明大義，能不能成全我們？」女子突然洩氣，低三下四哀求。

「你是不是有病？從開始我老公已經在臉書公開說他是有婦之夫，祇是徵求志同道合的伙伴，直白表明是玩一夜情的粉絲，願者上釣，最緊要是大家在一起時開心快活，之後互不拖欠，二不相干，各走各路，是你不要臉送上門給他玩，那又怨得誰？賤貨！」

「他說跟你已經沒有感情，跟我是真心相愛，我本來懷了他的孩子，是你瞞騙我到深圳的黃綠醫生，找人強迫打掉我的胎兒，你這個生不出兒子的毒婦。」

「誰知道你的野種是那個男人的？阿達才不會上你的當，做野種的撿便宜老爸。」

「我們可以去比對ＤＮＡ，證明是阿達的兒子。」

「你天真無知啊，男人的花言巧語只是哄騙你上床嘿咻的手段。我逼迫你墮胎？阿達根本就不想要野種，那全是他的主意，告訴我你同意墮胎，說你不知門路叫我幫你，我長齋念佛，才不會做這些陰隲損壽折福的事情，不要自怨自艾啦，其實你也沒有什麼損失，你也很享受呢，肉體像隻飢渴的動物有熱烈欲仙欲死的反應，也很滿足吧。」

婦人舉起中指對著她，咧嘴冷笑。

「我才不像你活得像隻動物。」女子紅著臉頂回去。

「你才是不知羞恥的動物，專門勾人老公的狗娘養、臭婊子。」

「你才是狗娘養、爛婊子。」

婦人怒不可遏瞪眼看她一下，砰聲關上門，女子愣愣站在門外，裡頭傳來男人的聲音。

「那個失心瘋的癲婆走了沒有？我在臉書已經清清楚楚表明啦，大家都明白你情我願淫玩肉體情慾遊戲之嘛，那些虛假的甜言蜜語祇是哄騙她上床的過期春藥、助燃劑，現在硬生生要戲假情真要脅我談情說愛，想起也受不了，誰要她發神經痴心一片？還要附加一件野種？她的痴心就像黏在鞋底的狗屎那樣臭氣沖天，惹人憎惡。你是我的好拍檔，永遠盟友，每次我偷吃完，只要你出馬上場，一婦當關，那些臭婆娘就洩氣敗陣，自行引退，這次偏偏碰上這隻抓狂的母狗。」

「這次你招惹回來的爛攤子，超級屎臭，我也無能為力，你自己搞定啦。」婦人悻悻然回答。

「我喜歡你的通情達理，寬容忍耐，你喜歡維繫一個完整富裕，安逸穩定的家。」

「你呀，你這個天生賤人最叻將壞事合理化，歪理說成道理。」

「老婆，我們天生一對。」阿達笑著反嘲。

女子在門外聽得眼淚直流，二人如狼狽，撕碎她的身心，察覺腳步聲，開門聲，連忙躲在逃生門後面。

阿達隔著鐵閘門張望，看見升降機緩緩往下去，回頭大聲喊話：

「那個臭婆娘走了。」

「那個賤人這幾天都在樓下徘徊監視我們，想起也感到威脅，我們到別處躲開幾天吧。」婦人猶有餘恨發脾氣。

「我抽籤中了『白夫人慈善基金會』的獎項，獎品是到她的私人小島度假，它嚴格規定每年祇有八人能夠享用，我們快點預備收拾行李，避開瘟神。」阿達扭頭高聲回答。

他再仔細看一會，將大門輕輕帶上，女子蹲在地上，泣不成聲，淚如雨下。

第四章

晃過幾天，一個下午陸社長召集二人開會，阿森沏了香茗奉給二人，再默聲端坐椅上，程郢想要酸他二句，瞥見社長正襟危坐，神情肅穆，也收起嬉皮笑臉，正經八百認真回應。

「今次接到的案子是大生意，金主答應事成後，支付可觀的酬勞。」陸社長講了一個數字，二人咋舌。

「是怎麼樣的案子？這次要不要變臉易容，裝神弄鬼，嚇唬敵方。」阿森極感興趣，喜形於色。

「看來案子一定異常棘手難纏，極其凶險啦。」程郢拖長聲調嘆氣，大潑冷水。

「任務完成後，我會額外打賞。」陸社長瞟了程郢一眼，了然於胸回答。

「萬歲。案子要做些什麼？」阿森手舞足蹈叫好。

「調查一名女子的近況。」

「這樣簡單的案子，金主竟然應允支付高昂的酬金，真是殊不簡單。」

「程郢，不要疑神疑鬼啦，這樣證明我們徵友社能力卓越，深得人心，為人賞識。社長，是什麼女子？」

「白夫人。」

「白夫人？是否那位名聞遐邇的傳奇科學家？她年輕時與男朋友靠著生物檢測技術發明，賺取了天文數字的金錢。她醉心科學新領域研發，據稱為了專心鑽研人工智能機械人、AI和人類意識轉移、上載技術，選擇獨自隱居在私人小島，我所知就這麼多。」程郢即時停止旋轉筆桿，挺直腰板，正式回答。

「程郢，為什麼突然一本正經？你的資料太過一般了，你躲懶，不是一個稱職的搜尋器。」

「為什麼富貴金主會對白夫人有興趣呢？」程郢不理會阿森的譏笑。

「社長，告訴我們白夫人的詳細資料。話說回來，她叫白夫人，是否已經結了婚吧？」

陸社長滑動手機，立即傳了簡訊和圖片給二人，程郢打開檔案，裡頭那名秀氣的女子略帶憂思，弱不禁風凝望碧波白浪裡的遠方小島，遺世獨立。

「程郢，她有點像你忽然凝神恍惚沉思，茫然不知迷失在自己世界的模樣吔。」阿森對她擠眉弄眼。

「不要胡謅，我是陽光豪情女子，她看起來就像她在網誌寫的小詩，整天孤伶伶行吟：『長念無自主，欲棄猶自傷。斷續苦思量，還是相思好。』一副祇會為男人傷春悲秋，作繭自綁的薄命女子，我還以為她是個獨立自主，感情超脫飄逸，絕不依附男人的女生。」程郢語調忿忿不平。

「程郢，你毫不認識她，怎會了解她，又怎能單憑一張照片就草率妄下結論？人家是秋水伊人，你是天涯浪女。」阿森沾沾自喜說。

「我不認識她，不知道她的為人，更不想跟她相提並論。」程郢一副拒人於千里之外的樣子。

「你妒忌她囉。」

「我才不是。」

「你是，你是。」

二人像小孩子互相抬槓搶白，阿森竊笑，程郢對他翻白眼不搭理，陸社長看著程郢義憤填膺的神色若有所思，程郢扭頭看他，他若無其事繼續發言：

「白夫人，三十八歲，出身寒微，單親家庭長大，她媽媽年輕時生活荒唐，結交了不少男朋友，故此不知生父是誰，她隨母姓，取單名叫臻。大學時與一名同系男生要好，畢業後共諧連理，二人成立了一間科技公司，合力開發鑽研生物細胞檢測技術，成功後推出市場，顧客只要付出合理費用，就能檢測到罕見的遺傳病，例如腦神經病、老人腦退化症、癌症等病患，用作治療及預防，他倆憑藉這項專利技術賺了大錢，發財不久，二人發覺性格不合，未能繼續合作，協議離婚，平分所得，分道揚鑣，白夫人也在偏遠地方賣下小島及周遭的土地，獨居小島，自此過著科學研究，離群隱逸的生活。」

「她比你大一截。」

「死胖子，不要說廢話。他們有沒有子女或私生子？」程郢插話。

「沒有。為什麼這樣問？」

「我在發揮偵探本色。那麼動機就不是萬里尋親呢，金主會是誰？為什麼他想知道白夫人的近況？你知道啦，眾多類型推理小說的死者和兇手都有著千絲萬縷的親屬關係，殺人動機不外乎愛恨情仇及覬覦財產，真的老梗得要命。」

「你想得太多了，推理上腦，現在沒有死人。」阿森叫嚷打岔。

「咦，白夫人的前夫也很可疑耶？他們是否真的性格不合而離異？他對白夫人餘情未了？想再續前緣重拾舊歡？才委託我們調查白夫人呢？他前夫後來怎麼樣？這些通通都是疑團。」程郢仍然滔滔不絕，窮追不捨。

「事情很簡單，離婚就是厭倦了沉悶的婚姻生活，就是交往太久也會嫌惡。真受不了你，女子就是喜歡為這些瑣碎事情迷糊執著，你不是說你是女漢子，絕不會為男人神魂顛倒嗎？」阿森說完，跟程郢互相瞪眼。

「我不會，但是其他女人會。」程郢態度乾脆。

「據說她前夫離婚後，不斷結交及轉換年輕女朋友，耽溺情慾生活，他與案子無關。」

「為什麼你這樣肯定？」程郢仍不罷休。

「金主是誰關你程郢什麼事？就算他們藕斷絲連，都是他們的私事，現在不是調查謀殺案件，祇要不是犯法，有薪水可領就得啦，你說是不是？社長。」

陸社長不置可否微笑。

「要是白夫人過身後，她的財產怎樣處理？」

「她倆婚前已經成立了『白夫人慈善基金會』，離婚後基金會歸屬白夫人管理，與前夫無瓜葛，她也訂立了遺囑，死後將她大部份財產捐贈給這個基金會，得益用作慈善及科學研究用途，已經開誠布公告知大眾。」

「那麼殺人動機只賸下私人恩怨咯。」

「程郢，你無可救藥。」

「開會太沈悶了，人家跟你們開一下玩笑嘛。可是白夫人在私人小島隱居，就是不想受到人們騷擾，小島定必是戒備森嚴，很難雷池半步，我們怎樣能夠調查呢？就算要偷拍一張照片也很困難。」

「這點不用你們操心，金主已經安排抽中了『白夫人慈善基金會』的抽獎，獎品是到她的私人小島度假，名額祇有數名受邀者，包場玩樂，過二天你們將會出發，盡情享受幾天悠閒假期吧。」

「金主也恁地神通廣大啊。」程郢又再質疑。

「也不是難事，祇要幾個電腦程式駭入白夫人的電腦就能搞成。」

「還有，我們去工作，不是度假，金主好歹都要提供小島及周圍環境的資料，讓我們先作準備，況且，調查她的近況這課題也太廣泛嘛，有什麼特定的方向要我們注意？直白的說，金主想知道些什麼？我們才能集中火力發掘白夫人的醜聞。」

「你不要當自己是娛樂版的狗仔隊，我們要有徵信社的專業和尊嚴。」阿森抗議。

「金主想知道有關白夫人一切事宜，包括身體健康狀況、工作研究成果、小島環境等，可是白夫人獨居在小島，一直沒有跟外界接觸，由今年初網上也沒有發放更新任何消息，現階段未能下達明確的指示，就是不清楚才要你們調查，你們登上小島上見機行事，先要找到你們認為有用的資料，傳送給我們，讓金主分析判斷，才作下一輪的要求和指令。」

「那麼小島上除了白夫人外，還有什麼人？」

「沒有其他人。」

「什麼？沒有使喚的傭人，那麼白夫人怎樣過活？沒有其他人幫忙，怎樣做科學研究？」

「現在是什麼世代？你忘記了嗎？白夫人是研究AI智能機械人的專家，她製造了幾個機械人服侍她，處理日常家事雜務，幫忙研究工作。」

「話說回來，這些年來總會有一些人曾經到過小島上度假，他們有無爆料？」程郢挨著椅背提出新問題。

「理論上有許多人到過小島，其中條件是答允不透露小島的情形，但是良莠不齊，總是有一些愚昧之輩想要公開在小島的經歷，放上網絡晾曬藉此炫耀，可是至今仍沒有看過有關小島的情報。」

「為什麼呢？」

「據推測，是白夫人在客人度假後，將他們那幾天的記憶清洗抹掉，那些人根本沒有保留曾經到過小島度假的記憶，故此無料可爆。」

「白夫人用什麼技術做到呢？」

陸社長轉過身用茶，跟興趣缺缺，漠不關心的阿森對望一眼，轉頭緩慢說：

「人類的短期記憶儲存在……。」

「哎呀，你這麼婆婆媽媽幹嘛，現在又不是上科學知識課，你想要知道，自己上網查看吧，不要浪費我們的寶貴時間，等會我約了朋友，要準時下班。社長，小島在那裡？」阿森忽然搶白。

「你二個大男人經常聯手不讓我暢所欲言。」程郢撇著嘴巴。

「什麼男人女人？是你無聊透頂，總是問些無關痛癢的事情，浪費精力，妨礙辦正經事情。」阿森也跟她嘔氣。

「我們曾經上網搜查白夫人的資產，都找不到小島的位置。金主派人到過她幾處私人產業追尋，歷盡艱辛，攀山涉水，來到一個遮蔽的海灣，遠遠看見一個小島載浮載沉，忽現忽沒，他們跨越防禦鐵絲網，正想橫過沙灘用橡皮艇登島，警報汽笛呼呼作響，原來沙灘外圍設置了紅外線警報系統，接著有幾個機械人手持槍械，警告入侵者切莫擅闖私人物業，命令他們離開，還開槍攻擊，但是並沒有發射子彈或激光，而是發出刺耳難受的聲波，如狼牙棒狠砸腦門，他們受不了逃到附近樹林逗留到黃昏，利用無人機避開警報系統，飛到小島上空偵察，剛剛傳送了幾張照片，就被他們的防衛裝備偵測到及擊中，掉落海裡去，你們打開剛才的短訊檔案，就能看到僅有幾張圖片。」

程郢滑到第一張由高空俯瞰小島全貌的圖片，是一個漂亮完美的心形小島，將它放大，由屏幕上方開始，對著東方是一個弧形美妙的雪白沙灘，左右隆起小山丘，左邊山頂是一片燦黃樹林，不知是什麼樹種，右邊上山小徑二旁葭葦密生及腰，山頂平整了一塊正方形的空地，地上鋪設了板塊，周圍建有矮腳圍欄，是一處觀景展望台，中央是狹谷隘口通路，二邊壁立懸崖，上面都是崢嶸發亮的石頭，再往前滑下，那裡建築了一個古怪的裝置，經過裝置，來到一個雅致、霧氣飄渺的水池及日本式涼亭，通路盡頭是五座獨棟樓房，排列成一個半月形對著碼頭，中間的主樓明顯高出許多，各處屋頂鋪設了太陽能板，風力發電等裝備，二側海岸是微微凹入去的小卵石灘，左右有二條小徑繞過二側的房子，蜿蜒到達山丘之頂，前面是一個小廣場，建造了網球場和對稱的幾何圖案花壇，中央通道直達心形的尖端，是一道枕木碼頭延伸到海裡。

「這個心形小島出奇地對稱呢，好可愛啊。」程郢笑說。

「小島中心那個古怪的東西不知是什麼？」

「你們上到小島調查吧，再看其他照片有什麼發現？」

程郢再滑到別的圖片，一幀是近山海景，海水碧綠，山腳有一道深褐色的小溪流進海邊，其他照片乏善可陳，祇有一張拍攝島上的情況，背景是半月型廣場，當中有二個女子，一個靈巧，一個笨拙，再放大看，靈巧那個背著站看不見臉孔，另外那個臉圓體胖像日本摔角手。

「這二個一定是機械人，可是，為什麼這個胖妞長得笨手笨腳，身軀圓潤得像個大汽球呢？不知有什麼作用？」程郢又再指指點點。

「程郢，你不要用陰謀論評議每一件事情。」

「我祇是合理懷疑。」

「白夫人是科學家，現實主義者，她製造機械人有美有醜，有瘦有胖，她祇不過喜歡將人世間的表象呈現在小島，這是合理解釋。看真點，這個胖妞的外型也造得討人歡喜。」

「好啦，二位手足別吵架，有什麼懷疑？在小島查個一清二楚吧，還有，這二天你們準備通訊器材和所須工具，再跟我聯繫。」

「綜合少得可憐的零碎資料，小島在各方面都很神秘，祇知道它配置了精良的防禦系統，對手是不知實力的機械人，島上風光如畫，也建立新型先進的科技設備，真是一項艱巨富挑戰的任務。不入虎穴，焉得虎子，讓我獨挑大樑，偏向虎山行，大顯身手。」程郢豪情壯語大放噘辭。

陸社長和阿森面面相覷，看著她表現真性情。

第五章

程郢和阿森在停車場分首，阿森隨口問：

「等會你到那裡？」

「你不會有興趣，我去找女人。」

阿森愣了愣，狠狠瞪她一眼，不發一言，上了他的金龜車絕塵而去。

程郢聳了聳肩膀，撇了一下嘴角，姿勢瀟灑騎上她帥氣的電單車，戴上醒目的頭盔，燃點引擎，發出隆隆聲響，再給氣油，車子霸氣起動，倏然竄出，經過繁忙的街道，途人都回頭看她的車子，她在一間洋菓子店鋪停了好一會，再開車轉上建築在半山腰懸空的高速公路，豹奔鷹飛，追風逐電約半小時，拐入叉路出口，進入點點燈火疏落的鄉下，電單車慢騰騰、靜悄悄駕駛了好一陣子，轉入一處樹籬圍起的小農地，在一間外型凹凸不平，稀奇古怪的屋子前面停下，程郢拿著東西邁向門口，也不按鈴敲門，開門直進高聲喊道：

「石昇爺子，你在嗎？口渴死了。」

一名七十多歲老者站在工作枱後面，放下鑷子工具，摘下眼鏡，面不改色看著她，她瞄他一眼，程郢將菓子盒拋給他，他打開看見幾件tiramisu和起司蛋糕，雙眼發亮，程郢也不理會，逕自將日式便當放入微波爐，走到冰箱，取出一瓶啤酒和花生米，將瓶蓋稍微突出的尖角輕放在桌子邊沿，握拳用力一劈，劈開瓶蓋，舉樽就飲，抓起一把花生米塞進口裡，咕嚕咕嚕喝過幾口後才窩進一張巨型椅子裡，雙腿擱在桌子上，再大喝一口。

「你每次都做不速之客，隨便出入，很像一個人。」老者吃著洋菓子說。

「什麼人？盜墓者蘿拉？Nike？還是Athena？」

「你想得美，像蛇蠍女Medusa。你不愛吃甜點？但是總買tiramisu給我。」老爺子故意氣她，程郢聳了一下肩膀繼續喝酒。

「你知道tiramisu的意思嗎？」

「它是意大利文，意思是馬上帶我走，帶走的不只是美味，還有愛和幸福。有時閒下來雲遊胡思亂想，也曾想像如普通女孩子喜愛逛街、買東西、聊八卦和裝扮得漂亮，跟男人約會，沉醉在他的甜言蜜語，最終結婚、但一定不生孩子、離婚，再投入交往市場跟其他女人爭奪男人。」

「你本該如是。」老爺子哼了一聲。

「可是下一刻卻全面否定，那些可不是我想要的平淡生活。我心裡不知為何整天都在躍動盤算，想要過刺激的生活，要冒險，追求世間美好的事物，要不停結交不同類型的異性，享受生命，我像一只生命有限的穿花蝴蝶，不會永遠專為某一朵鮮花停下腳步。」

石爺子深深看著她。

「為什麼這樣看著我？人不風流枉少年，我祇不過做一般年輕人想要做的事情啊，為什麼我會跟你這樣說話？我好像認識了你一輩子，這裡也是一樣，我第一次到來就有一種非常熟稔，好像回到家裡的感覺。」

程郢環顧亂七八糟的環境，牆上掛滿了機械工具，滿地堆積電線，零件，破爛的模型，文件和雜物，上面佈滿灰塵，抖一下可能會跑出幾隻蟑螂老鼠，偏偏這裡沒有貓咪，工作枱也凌亂不堪，擺放了幾台拆散的電腦、拼湊怪異的機器。

「不要自作多情啦，是半年前陸社長帶你到訪，我才知道你的存在，陸社長從未帶過陌生人到來，他知道我性格淡泊恬靜，不想接觸閒人。」

「你淡泊恬靜？孤僻固執、性格古怪才是呢。你認識了陸社長有多久？我在這裡看過你摟著孫子和陸社長的古早照片，社長年少老成像個生意人，那時他已經建立了徵信社？還是打工？他為什麼會開徵信社？」程郢不經腦袋連續揶揄。

「你怎麼沒有家教，隨隨便便偷看私人物件？」

「關我什麼事耶？是你個性散漫，沒有首尾，任意亂丟亂放東西，俯拾皆是，隨手可得呢。」

程郢瞎扯硬撐著歪理，伸了一個懶腰，起身在文件垃圾堆裡搜索到那一張照片，不一會得意忘形交給他看，走到冰箱拿啤酒，再到微波爐取出便當，李爺子看牢了她毫不在乎胡說八道的神情，吊兒郎當懶洋洋的步履，當她快要轉身時，老爺子回過神說：

「你這樣晚到來有什麼事情？」

「有事請教。」

「自吹自擂、目中無人的程郢也會禮下於人？」老爺子仍拿著照片細看。

「社長接了一單生意，酬金高得驚人，但是案子祇是要我們假裝到小島度假，調查一名女子的生活近況。」程郢毫不在意石爺子的反諷，狼吞虎嚥吃著便當，滿嘴飯菜回應。

「哪有什麼問題？」石爺子提高聲調。

「案子太簡單了，隨便找個普通人也能辦得到呢，不用出動我這個大偵探，而且社長對金主的身份秘而不宣，十分反常，也不似從前查辦的案子，會將案子的性質背景解釋詳盡，指示我們進行的方法，這次卻沒有明確具體的調查方向，祇吩咐我們先到小島調查，再向他報告情況，讓他們研判，再下達指示，事情極不尋常啊。」程郢接著喝一大口啤酒。

「你懷疑些什麼？」

「是另有目的。」

「什麼目的？」

「我懷疑富貴金主是商業間諜，目的是要偷取白夫人的科研成果。白夫人製造的機械人栩栩如生，據說能夠分析即時收到的資訊，進行獨立思考，最後像人類做出合乎邏輯的結論，作出最佳的回應，她在生物結合AI智能方面有著傑出的成就，也鑽研人類意識記憶上載轉移技術，我們是先遣人員呢。」

「你認為陸社長派遣你們偷取白夫人的科研結果？」

「我可沒有這樣通天遁地的特工本領偷取科研成果，不知阿森有沒有？既然是先頭部隊，當然是過河卒，用完即棄，你怎麼少條筋。」

石爺子皺鼻子、撇嘴角盯了她一眼，程郢還是神色自若。

「你倒有自知之明，哪你擔心些什麼？」

「我認為陸社長派遣我們到那裡視查察環境，收集小島的情報以作後用。社長說過金主曾經派人到那裡偵察，發現外圍裝有紅外線保全系統，機械人拿著音波槍把守擊退入侵者，無人機也被小島厲害的武器擊落，祇拍得幾張照片，無功而還，那裡著實神秘莫測。為什麼金主還要去偵察它？」

「你形容得這次特殊的任務如此凶險，是否想打退堂鼓？幫你對陸社長說項，不用你去查辦案子？」

「石爺子，你也惦地看輕我程郢小弟呢，我是明知山有虎，偏向虎山行，愈困難的工作愈想挑戰。」石爺子似乎對她的口沒遮攔習以為常。

「哪你到來幹嘛？」石爺子哼聲說。

「你老是卓越的科學家，發明奇才，我希望你能幫我製造幾件秘密武器，拆解小島的防衛系統，完成任務。」

「你不用厚顏無恥灌我迷湯，我不受這一套。況且，我為什麼要幫你？」石爺子舔舔嘴唇，乾脆坐下雙手抱胸。

「你一定也心癢癢呢，抵擋不住挑戰攻堅的誘惑，你是好勝之人，也想破解小島防禦系統的秘密吧。」程郢不假思索脫口說。

「你倒了解我，擊中我的罩門。」石爺子吸了一口涼氣。

程郢笑著連忙滑手機，秀出那一張小島俯瞰圖，石爺子說了句好完美的心形，將手機連接打印機，印刷了小島整個地形、沙灘、懸崖、建築物和周邊的環境，小島位於海中心，四周圍有其他島嶼，二人研究了許久，直到石爺子打了個大呵欠，程郢乖巧告辭，看著她騎著電單車遠去，他點按手機。

「喂，小陸，程郢剛來過。」

「是嗎，她到來有什麼事情？」

「她懷疑調查白夫人的近況不是真正的目的。」

「她很警覺呢。」

二人談了半天，最後陸社長問：

「明天你去不去掃墓？」

「不去了，不想觸景傷情，幫我供奉多一點鮮花。」

石爺子沉默了半晌說：

「看著程郢真是又愛又恨。」

那頭嘆了一口氣後掛線，再撥打手機。

第二天一大清早陸社長來到墓園，感觸惆悵看了一會門口的古舊對聯，上頭雕刻著：

『今夕吾軀歸故土，他朝君體也相同。』

他信步行入到墓地，一條公路橫越其上，汽車高速駛進入隧道，墓地還是十分靜謐，沒有別人，斑駁的墓碑佈滿青苔，雜草凝露如淚，偶爾聽到幾聲淒涼鳥啾啾，有點蒼涼感傷，花木扶疏，長了不少雞蛋花老樹，因經常種在墓園裡，花朵也用來裝飾悼亡花牌，舊時有人叫它做死人花，枝椏綻放著黃、白、紅色雅致的花朵，繽紛耀眼，給人錯覺宛如這是一個供人遊樂的公園，陸社長沿著石板墓道，來到一個依然乾淨的墓穴，放上大小二束鮮花，雙手垂下疊起，對著墓碑沉著默哀，聽到背後咯咯的高跟鞋聲音，轉身看。

「你來了。」

「是啊，今天是我倆所愛的人之死忌。」

第十八章

程郢在手機收到『白夫人慈善基金會』的正式邀請函，附帶電子認證碼，並提醒貴賓在某月某日晚上十時前到市中心一處露天停車場集合。這二天陸社長跟他們馬不停蹄開會，詳盡解釋金主的要求，最後敲定終極作戰計劃，程郢也從石爺子取得一些秘密武器。

到了出發的日子，程郢和阿森拎著輕便的行李箱提早到達集合停車場，那裡已經停泊一輛外型平凡的長方形車子，前面和後面設計成密封盒子，車身中間上半部是大型反光玻璃窗，從外面看不到裡面，下面是行李廂，登車口旁邊站著一個態度和藹謙遜的美貌女子，他倆趨近，女子溫婉微笑說：

「二位晚安，您們好，我叫痴情司，專職服侍白夫人，也全面負責這一趟旅程。請秀出你們的電子認證碼，讓我核對，及放下大型行李，會有專人打理。」

他倆依言行事，痴情司用指尖在認證碼閃了一下掃瞄，妙目對著二人眨眼，核對完成，邀請他們上車，車子前面間隔開做料理室和駕駛室，中間是通道，左右分間了四個小房間，裡面裝潢如同豪華頭等飛機艙座位，配置二張可伸展成床鋪的座椅，前面是大型屏幕、左邊是掛衣櫃連全身鏡子，右邊是盥洗盆，其他設備應有盡有，車子最後面是二個洗手間連淋浴室。

他們分配到前面右邊的房間，程郢開著安裝在空調下面的燈泡，淺黃色的光線經過濾罩照射，房間的氛圍很柔和，超大型的玻璃窗可以清楚看見外面停車場的情形，二人將隨身行李放在頭上的行李架，掛好衣物，程郢說要偵察敵情挑選了靠窗的座椅，阿森忙著滑動看板點餐，不久有人敲門送餐，出現了那個圓潤的胖妞，他們錯愕看著它，胖妞害羞面向二人，放下餐點忸怩說：

「您們好，初次見面，我叫傻大姐，幹粗活服侍你們的。二位請慢用，若有什麼需要，請務必呼喚我。」傻大姐鞠躬後離去。

阿森吃著乾炒牛肉河粉，喝著鴛鴦奶茶說：

「原來金主拍到都是真的。」

「但是為什麼將它造成這個模樣？白夫人的品味實在太差勁耶。」

「誰知道？不過痴情司製造得像個絕色美女。」

程郢望向窗外，看著二個蒙頭蓋臉的男女從停在外頭道路的計程車下來，鬼鬼祟祟、慌慌張張拉著行李，匆匆跑過來，經過核實身份後竄進車子；接著一輛平治汽車駛到，二名戴著時髦太陽眼鏡的男女下車，年老男子戴帽子，身上灰衣長袍質料名貴，氣度威嚴，女子鬈曲長髮披肩，綰上豔麗頭巾，穿著低胸洋裝，踩著高跟鞋，親暱勾著男子的臂彎，司機是個理光頭的青年男子，穿著黃色束袖袍服，從車尾行李廂取出行李，小心謹慎交給他們，跟他們低頭鞠躬揮手道別，二人偎倚著走過來核對身份上車。

再下來一輛黑色豪華轎車停靠，二名穿著黑色剪裁貼身西裝、白襯衣結銀灰色領帶的中年男子匆匆忙忙下車，一人必恭必敬打開車門，讓二名穿著精緻秀雅旗袍的貴婦人從容下車，她倆戴著太陽眼鏡抿嘴，另一男子取出超大行李箱，二人吃力拖曳行李跟著傲慢像孔雀的貴婦，貴婦核實身份後上車，男子正想挽著隨身行李上車，痴情司用手觸碰了他們一下，他們好像觸電踉蹌後退幾步，痴情司對他們說話，男子忿然離去，傻大姐毫不費力提起兩件隨身行李做貴婦的跟班。

痴情司再次核對賓客的資料，圍繞車子走了一圈檢查妥當，正想上車離去，忽然有一名中年男子急步跑過來，他滿頭灰髮，模樣平凡慣見，衣著普通，表情茫然，眼神散漫呆板，對著痴情司大叫大嚷，程郢聽不到他的說話，痴情司背著程郢，看不見它的表情反應，祇看到它伸手觸摸他一下，中年男子即刻翻了個筋斗倒地，男子勉強站起高聲喊叫，程郢連忙用手機拍攝，還跟著他的口形重覆他的說話：

「XX，你……不……，我……你……東，我……東。」

男子又再走前，神情兇悍看望痴情司，痴情司緩緩伸出右手，但是突然停在半空，接著溫柔撫摸他的臉龐，男子露出受用的表情，痴情司踏前一步靠近他，突然燈光熄滅，一瞬間車子啟動，燈光回復，外面已經沒有人了，車道也看不見他的蹤影，程郢急忙打開房門左右張望，祇見痴情司笑瞇瞇，面面俱到巡視房間，那名中年男子怎麼樣？到底去了那裡？有沒有上車呢？

「程小姐，你好像有麻煩，有什麼地方可以幫忙？」痴情司和顏悅色問。

「剛才好像有點意外，不知是什麼？」

「衹是一點小事情，我們已經修復好了。」

「什麼小事情？」

「是電力問題。程小姐，請回房間，汽車正要出發前往小島，白夫人的現場即時廣播快要開始呢。」

程郢看著痴情司含笑婉拒，泰然打發她的神韻很熟悉，真的很像一個人。

她返回房間，阿森已經架設攝影機拍攝屏幕直播給陸社長，屏幕播放風韻婉約的白夫人，從容不迫講話：

「各位來賓，您們好，我是白夫人，歡迎光臨敝人的小島度假，不計這個晚上，這次是四天三夜的假期。

大家一定好奇為什麼會在夜間出發，原因是小島位於地形複雜、山海之間，日頭天空有時會刮起海陸怪風，迴轉無定，夜裡行雷閃電，霹靂肆虐，危害直昇機飛行，故此選擇智能汽車載送貴賓，但是路途遙遠，行車時間約六個小時，但是閣下衹要安睡一夜便會抵達，登陸小島前還能夠欣賞日出奇景，明天日出時間是五時三十分，我們到達觀日台大概是四時，各位貴賓可以一邊享用豐富的早餐，一邊觀看旭日初昇的美景，誠然人生一大快事。

這是一輛無人駕駛的智能汽車，內置預定電腦程式，直接由小島的總部控制，要是在車上有什麼需要，請按鈴呼喚機械人幫忙，還有在小島電子保護網的範圍內，祇能接收，不能發出任何電子訊息，這樣是保障本人私隱及小島的設備，請大家見諒，故此進入小島之前，請先通知的閣下親朋好友關於你的行蹤，避免發生誤會，上網請用車上或小島的網路，謝謝大家，最後，希望大家盡情享受你的假期，明天見。」說過後，螢幕關上。

程郅連忙開啟她的手錶，這是石爺子交給她的發明，包括全球衛星定位GPS收發器，能夠記錄行車路線、網路訊息交流、拍攝和儲存資料的功能，她將剛才拍攝到那名中年男子的片子傳送給陸社長，要求他調查該人、解讀男子的唇語及要求明天清早前回覆。

「你有沒有拍攝白夫人講話的片段？」阿森收起拍攝器材。

「我有拍攝痴情司和傻大姐。」

「你在搞什麼？我們要調查白夫人的近況。」

「它們是……。」程郅及時收口，改稱說：

「它倆是白夫人製造的機械人，與白夫人有關，還有剛才有個奇怪男子到來，被痴情司驅趕了。」

「但是你的行為也很奇怪，你在打什麼鬼主意？」

「什麼也沒有，我在調查案子。」程郢轉頭望出去窗外，樹影幢幢往後面飛走，慶幸沒有露出馬腳，沒有說漏了嘴痴情司會放電擊退敵人，傻大姐力大無窮如日本摔角手，它們是小島的武器，白夫人最佳的私人貼身防衛保鑣。

程郢上網瀏覽半個多小時，車子轉入一條深邃的隧道，裡面黑漆漆一片，她覺得眼皮沉重，十分渴睡，看見阿森已經打鼻鼾，熄掉床頭燈倒下便睡，可是床鋪陌生未能安眠，輾轉反側，睡夢中感到車子不停拐彎，午夜夢迴，她按亮手錶照向外面，發覺車子在懸崖邊沿行駛，忽然睡意來襲，安然就寢，直到阿森叫醒她。

「渴睡豬程郢，快點起床啦，別人已經梳洗完畢，穿戴整齊，準備吃早餐了，同時欣賞日出美景。」

「你先下去占個好位置，我很快過來。」

「別小家子耶，人家已編號擺好四張桌子座位，你先在電子餐牌點餐再梳洗，就不用浪費時間，我走啦。」

程郢急促起床向外望，天微亮，遠處泛著幾抹橙黃色，車子停泊在小山頂的平地，四周高山聳立環抱，前面山坡平緩，一片紅黃綠樹海，連接淺黃沙灘，外面是一個布袋型的海灣，海面輕霧繚繞縹緲，隱現小島的輪廓，後面山巒成群，小島左右山丘隆起，眺望二邊崖壁好像靠攏在一起，中間建構了一條發白的直線步道。

程郢趕快點餐，手忙腳亂梳洗穿衣換履，下車時放慢腳步，故作矜持走到最左邊的餐桌坐下，秋風習習，微寒拂面，旁邊二名貴婦已換上了清爽的秋裝，對坐優雅地享用傳統英式早餐，將煎蛋培根仔細切碎進食，再過一點忘年戀男女親暱地不分你我糾纏在一起，枱上盡是精心擺盤的蔬果、豆製品素食，但他倆喁喁細語，視美食如無物，最右邊的鬼祟男女點了滿桌豐腴肥膩的食物，二人刻意將身體湊近食物，低頭頻密狼藉吞食。

傻大姐左右二臂捧著中式早餐到來，笑盈盈打過招呼離去。

天空開始發亮泛起魚肚白，漸變灰藍，點染橘黃粉紅，金光從二邊山崖攏合的縫隙向四面八方輻射，織成一個巨大的金色蜘蛛網，漫天彩霞，程郢胡亂吃了幾口，立刻跑到中間拍攝，從山頂、浮橋碼頭標誌桿、山崖攏合的縫隙剛好排列成一條直線，金光丸子緩緩地在縫隙昇起，倏忽一輪光芒奪目的紅日不偏不倚擱在縫隙頂端，二山如雙手捧著金烏，迅如閃電，令人拍案叫絕。

痴情司走過來跟程郢聊天，笑容可掬說：

「這就是小島日出奇觀，別處是找不到的。」

「太陽是否每天都從縫隙的正中央升起？」

「只有秋天這二月是同一角度，從這裡跟浮橋碼頭、標誌桿和縫隙聯成一條直線，就能夠看到太陽從縫隙正中央昇起，夏天太陽會些微偏左，冬天偏右，但是跑到另一個位置，換過角度仍然能夠看到太陽從中央升起，下面沙灘觀看也是一樣，但是距離近許多，縫隙不再是縫隙，效果不及這裡觀看震撼，但是，夜裡玉兔東昇的景緻蘊涵另一番浪漫意境，最適合戀人情侶攜手漫步沙灘，踢著海水，享受清風皎月，聆聽浪潮永恆樂章。」

「你真是見多識廣。」程郢愣了一愣，好熟悉的場景，不忙回答。

「那裡，我祇是白夫人的傑作。好了，我去通知其他人多待一會便下去沙灘登上小島，欠陪了。」

程郢收到陸社長的簡訊：

「仍然調查你傳過來不知名中年男子的背景。我將他的片子交給口語專家翻譯，她的回覆：『宗怡，你是不是忘記我了？我是你的愛人阿東，我是你最愛的阿東。』」

阿森拿著手機跑過來問：

「這個古怪男人是誰？我看他像呆頭鵝，好似失心瘋，為什麼會對著痴情司大吵大鬧撒野？他不會是客人吧？白夫人祇招待八個人度假。」

「不知道，我已經叫陸社長調查。」

「他有沒有上車？」

「我看不到他上車，車子停電時也祇是電光火石之間，他沒有可能上了車吧？況且車上也看不到他的蹤影。」

「他會不會躲藏在駕駛室？」

「我們等候機會去找尋一下。」

「那男子說的『宗怡』會不會是白夫人？」阿森看著簡訊問。

「怎麼會？在簡介裡記錄白夫人隨母姓，取單名『臻』。」

「那名男子的表情可是十分認真啊，是不到黃河心不死的執拗，他錯認了痴情司是他以前的愛人？這也難怪呢，痴情司美貌如真人，我也豔羨，意態可人，令男人傾倒石榴裙下。」

「要不是我知道你是彩虹人，一定將你跟那中年男子撥作同一類色情狂。啊，我明白了，你想變得像痴情司那樣美麗動人，跟白夫人商量一下吔。」程郢盡情損他。

「你的心腸壞透了，總是找機會酸我跟我嘔氣。」阿森鼓著腮幫子。

「我懶得跟你拌嘴，我去找其他人聊天。」

「我剛回來，你還是不要過去的好，那邊像異型怪獸園。」

程郢不理會他繼續前去，正想走近二名貴婦展開笑臉打招呼，一個對她視而不見，一個向她冷笑，如二隻女巫烏鴉，程郢心頭冷了半截掉頭就走，背後聽到竊竊私語：『要是知道其他都是低端人口，我就不來。』『肥豬剛走，瘦馬又來。』，程郢心中有氣；經過二名忘年戀男女，女的不停賣弄風情，男的淫淫笑語摟腰吻臉，旁若無人，宛若女媧伏羲蛇尾纏結，令人側目，程郢加快步伐邁開；來到最後一桌，滿枱凌亂，女子吃飽了，張開口剔牙搓揉肚皮，男子彎腰俯身，用嘴巴將就食物吞噬，像二隻饕獸豬狗，突然男子抬起頭來，看著程郢，雙眼發光，如見獵物。

程郢被他看得渾身不舒服，轉身回去，阿森翹起二郎腿竊笑，痴情司在他們背後收拾餐具，程郢也不搭訕對著小島坐下滑手機，把握最後機會，將剛才幾名男女的形貌傳送給陸社長，要求調查他們的背景，陸社長即時回覆：

「為什麼要調查他們？他們祇是幾名沒有關連的賓客，與調查工作無關。」

「他們是白夫人特別邀請的賓客，與白夫人的請客動機、情感生活狀況、活動心思心態有關。」

阿森看了笑說：

「你強詞奪理吔，調查他們的理由異常牽強。是你討厭他們，惹惱了你吧，你就是要知道他們是什麼臭罌出臭草，不過，話說回來，我也有同感。」

「對呀，英雄所見略同。」

程郢怒不可遏哼了一聲回應，望向剛剛駛到，靠在浮橋碼頭停泊的超酷快艇，痴情司在後面點頭微笑。

第七章

車子沿著道路向下駛去，經過山坡樹林，來到一道鐵閘門口，四周圍起高過人頭的鐵絲網，上面纏繞著一圈圈帶尖刺的鐵線，閘門口紅燈閃亮，警笛鳴起，車子發射了一道光線阻斷了閃燈和鳴笛，鐵閘門自動打開，車子駛到沙灘旁邊的小型停車場，一個體健爽朗的女子已經在等候，她介紹自己是春感司，立即與傻大姐勤快地搬運賓客的行李到快艇。

程郢看著最後一件行李搬出來，突然怪叫道遺忘了東西在車上，連忙跑上車，痴情司幫忙打點行李沒有阻止，程郢跑上車打開料理室、駕駛室、洗手間、客人房間都沒有人，最後檢視自已的房間也沒有結果，正要轉身離去，瞥見空調出風口黏附著一些黏稠的液體，於是用衛生紙抹去，放在塑膠袋日後再化驗，程郢下車，阿森指一指行李車廂搖搖手，春感司駕駛著快艇，戴著行李與傻大姐飛快駛向小島。

日到半空，霧靄消散，天朗氣清，沙灘泥黃色，外圍的樹林夾雜一些楓樹，勁風驟來驟去，不時舞動殘葉，眾人分成四組，無所事事，痴情司毫不在意，也不拉攏眾人聚集聊天，任由各式各樣，互不理睬，程郢從背包拿出一個儀器到處走動，靠近鐵閘門。

「那是什麼玩意？」

「是秘密武器，用來測試電磁輻射的儀器，量度電場的強弱，要是儀器有反應，表示該處建立裝置了電子儀器或設備。呀，儀器在這裡有了電磁輻射反應，但是強度不大，比家庭電子用品如電視機、微波爐稍強。」

「你從那裡找來這玩意？啊，我知道了，你是從石老爺子得來的。」

「你怎知道石老爺子？」

「我……我入門比你早。」

「也衹不過是早我一年半載。」

「是……，是社長告訴我。」

程郢面露疑惑之色，忽然紅燈不停閃亮、警笛鳴叫，程郢連忙將儀器塞入背包，轉身就走，痴情司已經站在跟前，差點碰個正著，痴情司用手指對紅燈一指，截停了燈號和笛聲。

「你是傳說中的仙女？還是長了引擎腿的神行太保？但那是不可能耶。」程郢仍在裝傻扮愣賴皮。

「不要胡言亂語，顧左言他蒙混，以後不要到處亂闖亂撞，易生危險。」痴情司流露出容忍小朋友惡作劇的表情。

程郢回身用戴著手錶的左手指著鐵閘門問痴情司：

「這是什麼裝置？」

「是紅外線保全系統。」

「系統是怎樣運作？是不是像電影演戲一樣，眼睛通過裝著紅酒的酒杯看望，就能看得出來縱橫交錯的紅色射線？蹲著身體跨越過去？」

「我不會評論電影的拍攝。這個系統具備熱度檢測功能，祇要測知入侵者超過限定溫度，如人體的體溫，它就會發出警號。」

「那麼保全呢？」

「是機械人。」

「它們有什麼武器裝備？」

「這些你不用知道，你是來度假的。」

痴情司絕情地引領他們慢條斯理回去浮橋碼頭，遠看鬼祟男女已經坐上快艇，可是貴婦倆執意不肯上船，痴情司在身體某處點按一下，立即啟動它背後隱藏的飛行器，飛到浮橋碼頭排解紛爭，結果忘年戀男女先上船，二貴婦搭乘下一輪。

「原來它懂得天外飛仙，但是它行走時頗為蹣跚。」

「結論是機械腿永遠追不上人類雙腿的精密。」

「剛才你用手錶拍攝門口的保全系統，為什麼呢？」

「不要裝蒜啦。」

「裝什麼蒜？」

「我們登陸小島是另有目的。」

阿森臉色大變，神情嚴陣以待，說了句：

「你怎麼會知道？」

「是我經過精密推理。金主想盜取白夫人的科研成果，派我們偵測小島的防盜系統，調查白夫人的近況祇是瞞騙我們的幌子，我敢寫包票遲一點陸社長就會下達這樣的命令。」

阿森舒了一大口氣，剛好程郢收到訊息，神氣活現，將手機遞給阿森看。

「陸社長發覺痴情司和傻大姐是白夫人的私人保鑣，具有強大的攻擊力，立刻指示我們要詳細調查小島其他防禦系統的裝置。」

「你最厲害，心思細密、神機妙算的大偵探。」

阿森看了手機一眼，轉身逕自走去浮橋碼頭，步履輕鬆。

「怎麼你的心情像女人、天氣，變幻莫測？」程郢在他背後叫嚷。

「你忘記你才是真正的女人。」阿森大聲回應。

「你說什麼？莫名其妙。」

阿森也不理睬，繼續優遊自在踱步看風景。

他倆是最後前往小島，痴情司陪伴左右，程郢迎風而立，秀髮飛揚，回頭問：

「這個美麗的小島有沒有名字？」

「它叫忘情島。」

「忘情島源自忘情水，忘情水就是孟婆湯，喝了孟婆湯……。」程郢突然發覺自己口若懸河，不禁發獃，痴情司饒有深意瞟看她一眼說：

「不是啊，忘情島是忘記感情的煩惱，盡情在小島玩樂的意思。」

一路上程郢不再出聲，阿森忙著拍照，快艇航行了約十多分鐘抵達小島，從碼頭看望，碼頭盡處有一個像足球龍門的框架，在那裡分叉了三條步道，直路穿過花壇及二個網球場的小廣場，到達前面中間最高的主樓，左右各有二座的獨棟屋排列成半月形，外面是卵石灘，二條彎曲小路繞過獨棟屋通往左右山頂，背後二山矗立如侍衛守護小島，又像剖開二半的心，左邊山頂金黃璀璨，右邊蒲飛小徑，山上是平整的觀景展望台。

他們穿過龍門框架，程郢感覺背包的儀器有反應，痴情司領著他們進入主屋一樓，前面是一排大窗，中間有一道後門，外面種植了整齊的竹子，右邊建築了一座升降機，旁邊是廚房、廁所，左邊是樓梯，這裡的佈置含蓄典雅，是交誼廳，也是餐廳，地下鋪了厚實灰藍色的地毯，擺放了幾張餐桌，上面鋪著到地的白色枱布，枱上的花瓶插滿不同季節的芬芳花草，牆壁裝飾了西洋畫作複製品，從文藝復興的拉斐爾到近代印象派的莫奈，但是一個賓客也沒有。

「其他人在那裡？」

「他們都回到自己的獨棟屋休息。你們把行李放在這裡，等一會管家會送去左手邊三號屋。」

「噢，怎會是這種狀況？」

「是啊，每次情況都不同。這次度假的賓客比較注重個人私隱，獨立獨行，不喜歡與人交流聯誼，白夫人也主隨客便，絕不勉強客人參加團體活動，為了遷就各人喜愛的方法享受假期，本來今晚預定的歡迎宴會也取消了，但是白夫人仍然會拜訪各位嘉賓道謝。請到這邊來，讓我導遊你們參觀其他設施。」

「你即時能夠了解形勢，措辭斟酌婉轉，解釋簡潔，有時還言辭感性，表露情感，簡直與真人無異。」程郢對著痴情司的眼睛認真說。

「謝謝，都是白夫人的功勞。」

「會不會是白夫人透過你的網絡，跟我們對話？」

「程小姐真會說笑。」痴情司微笑引路。

他們上到二樓，左邊是一列無窗櫺的窗子，視野廣闊，左右二山挺立，對面海天一色，鳥遨長空，前往隘路途經一個日式古代庭園露天溫泉，旁邊是一堆巨型疊石，上頭有一個別緻的小亭子，再過些，地上規劃了一個四方型範圍，上面鋪蓋了黑色方塊板子，四角佇立四根挑高柱子，上頭有電線連接，再接駁到旁邊一個像控制器的箱子，外面四周有圍欄護衛，再前點，二邊陡峭懸崖合抱一條狹長隘通路，上面崖壁佈滿黝黑發亮的石頭，如鳥如獸，若石柱傾斜向天，若大鼓平滑橫放，左邊半山腰穿了一個山洞，越過隘口又是奇景，是一個到處冒煙的沙灘。

二樓沒有間隔，分別裝備了機械健身器材，智能跑步機，還有最新高科技運動用品，二人發現幾對配備鈦電磁場加速的跑步鞋，用變形物料造成，能夠配合任何腳形，方便行走崎嶇山路，他倆搶著試穿，果然舒適無比，而且隨心所欲輕易加速，用來跑上山也不費氣力，還有傳統玩意如撞球、電玩遊戲機、擲飛鏢及限時鬥多投射籃球，也有古早玩具如布偶、電動火車、三四把回力鏢、上發條飛機、彈弓交叉夾拳頭、波子跳棋，砌圖及層層疊，還有幾副高級伸縮魚竿和假餌。三樓是白夫人私人地方及科研室，上樓梯處放置了一個『閒人免進』的牌子。

他們回到一樓從後門出去，經過搖曳的優美竹子，前面是溫泉，左右有小路連接上山路徑，程郢細看山路，發現下面鋪設了特別物料。

「下面是否鋪設了什麼裝置？」

「是鋪設了稀有金屬鈷電池。」

「有什麼作用？」

「這種鈷電池能夠轉化運動能源做電子能源，在小島的路徑安裝，當人們在上面走動，鈷電池就會將走動的能源轉化做電力供給小島使用，天台上的太陽能鋰電池板也將日光能源轉化成電力，還有風車將風力轉換成電子能源，都是供給小島的電動設備使用，如照明，空調，保全系統，機械人充電。」

「真的很環保，可是開採稀有金屬製造環保電池，卻極度污染環境。」痴情司依舊微笑，沒有搭腔，程郢快步趨前到日式露天庭園溫泉。

「我好像到過這樣的溫泉。」

「這是仿照日本城崎最古老的溫泉『鴻之湯』建造，為了款待討貴賓的歡心，它的一木一石，一磚一瓦都是從日本運送過來，模仿建造得一絲不苟，為肖為妙，客人可以在室內、或這裡泡溫泉，享受山野樂趣。」

「我何時到過溫泉？」程郢偏著頭努力回想。

「你跟什麼人到過城崎溫泉？你的霧水情人呢？還是你的手下敗將？」阿森不懷好意刺激她，給她一記回馬槍。

「我真的不知道，我祇記得我泡溫泉時很開心，那肯定是一段美好快樂的時光。」

「不要再想啦，魯莽自大、用情不專的程郢。司情痴，前面那個古怪、看得通透的四方立體空間是什麼東西？」

「那個科技設備叫做『幻覺離恨天』。」

「『幻覺離恨天』？有什麼作用？」程郢放下心思，不由自主發問。

「衹要賓客處身在那個空間的範圍，按下搖距控制鍵控，就會啟動在白夫人屋裡的主機，它接收客人的腦電波，翻譯成電腦語言，主機閱讀他的意識及潛意識之後，複製他心目中最在乎最重視的事物，將它幻化成三維影像，呈現在他的眼前，還會跟他對話，但是外面的人衹看到他自言自語，手舞足蹈。」

「是否虛擬實景遊戲？」

「不是，虛擬實景是第三者編寫的遊戲，是別人的構想和思想。這個設備所呈現是個人以前獨有經歷的感情、經驗和思想，使人再次身歷當時的情境。」

「包括全部想法？」

「包括所有回憶、知識、思想，經驗、意識及潛意識，總的來說，是曾經歷過的七情感受。」

「是否佛家所說的七情，喜、怒、哀、懼、愛、惡、欲？」

「故此白夫人賜予『幻覺離恨天』之名。」

「那真的很神奇。」

「還再用六根感受。」痴情司對著她莫測高深輕笑。

程郢感到有點呆滯，阿森更加好奇問：

「它是怎樣運作的？」

「那邊的箱子是放置手動搖距控制器的保全系統，賓客想要享用設施，先要走到它跟前，將右手放入感應器，它會掃瞄手掌指紋、面容識別及眼睛瞳孔的顏色及紋理，那些都是個人獨有的身體特徵，與打開獨棟屋大門的方法是一樣，保全系統打開，裡面有個別賓客專用的搖控器，每次祇限一人使用，限時一小時，超過時限機械自動停止，用家亦可以隨時按停運作，若忘記交還控制器，控制器也會失效。」

「要是有突發事件如飛鳥，無人機闖入干擾電網，會發生什麼事情。」

「你有沒有留意在小島範圍，找不到鳥兒的蹤影？」

「為什麼？」

「我們安裝了發出高頻率超音波的儀器，超音波模擬鳥類天敵的叫聲，祇有牠們聽得到，也最害怕，牠們聽了就不敢飛進小島。另外，小島也裝設了南北極磁場運轉機關，它接收和利用地球自然產生的南北極磁場，配合小島的磁場，加強擴大，籠罩小島的外圍，這樣能夠偵測到細小入侵的電子機器和動物，再用磁場追蹤儀將它定位，發出指令把它擊落消滅。還有，白夫人的控制主機設置了保險裝備，它能夠監測用家腦電波的強烈程度，是否超越危險界限，它會隨時啟動緊急設定，煞停『幻覺離恨天』運作，保護賓客。」

「若果有人不小心踏入『幻覺離恨天』的安全範圍會怎樣？」

「四周有圍欄防止其他人不小心走近，『幻覺離恨天』會響起警號叫他們離開，也警告賓客，立刻按停儀器運作。」

「要是有人硬闖又會怎樣？」

「那個硬闖的人會被電波牆電暈昏倒，至於賓客嘛，因未曾發生過那種情況，不知道會對人體有什麼影響。好了，我的介紹到此為止，你們的管家是傻大姐，這是呼喚器，它會服侍你們這幾天的起居飲食，吃喝玩樂，希望你們盡情享受愉快的假期。」痴情司交給他們一個按鈕鍵，轉身回去主屋。

二人在附近探索，程郢取出電磁輻射探測儀器，到處走動探測，阿森也拿出手機拍攝周邊的設施和環境。

「剛才我們經過碼頭前的龍門框架時，這儀器也有反應，不知那裡是否安裝了機器，用來清除到訪者曾經逗留在忘情島的記憶？」

「就算是，也要等我們離開時，他們才會使用，到時我們什麼也忘記了。」阿森有點漠不關心。

「說得也是。咦，隘口小路這裡的反應十分強烈啊，讀數也很高，會有電子機器裝備嗎？」

「但是小路祇有泥土沙石和二邊的崖壁。」

「我真的是要稱讚你耶，要不是你裝模作樣對痴情司一步步套話，我們根本無從知道小島的防禦系統，就是強化了地球南北極磁場的裝置，你越發長進呢。」

「哎吔，不是那麼樣啦，我衹是出於好奇心才追問痴情司，怎料到它好像毫無戒心，和盤托出。」阿森突然變得謙遜。

「它本來就是無心，而你就是傻瓜。」

「不要再嘔我啦，我們衹是找到其中一個防禦系統，還有，調查白夫人的近況也是目的之一，可是至今仍未見到她本尊。」

「找機會吧。這二邊崖壁上黝黑閃亮的石頭很彆扭，形狀顏色很少見，不知道是什麼質地？還是一種機關裝置？」程郢望向上面，從背包取出小型無人機，安裝上儀器，遙控它飛到崖壁去。

「你不怕無人機被偵測到擊落嗎？」阿森雙手抱胸問。

「不怕，我們在小島的南北極磁場保護罩內，衹要不飛越山頂就安全。」

程郢控制無人機在二邊崖壁繞圈子飛行，但是不時刮著無定向涼風，吹得它搖搖晃晃，飛行了好一會，將它降落收回，從儀器取出晶片放入分析機，經過一輪運算，分析了崖壁岩石的成份，結論是一種火山噴發的玄武岩，含有豐富的鐵礦和石英閃長岩體，無人機曾被怪風吹得搖搖欲墜，導航器曾經失靈，沒有其他資料。

阿森聽了聳一聳肩，仍舊四周圍走動，到處張望，指著左邊山腰說：

「根據儀器的精確分析，上面衹是一些普通天然石頭，也沒啥特別，怎可能是機關啊？反而那裡竟然穿了個山洞，不知道是自然還是人工？等一會上去看清楚。咦，這兩邊崖壁相隔也很近，祇有三米多。」

「整條隘路都很狹窄耶，加上二旁的崖壁，簡直像一個超大型的陷阱。走吧，我們已經辛勤了半天，收穫也不少，一定要犒賞自己，到前面沙灘休息吧，要放縱享受陽光海灘的假期。」

程郢收拾好東西，邁步走向冒煙的位置，阿森無所謂跟上。

那是一個廣闊，弧形美妙的乳白沙灘，沙粒細小，陽光和暖舒服，周遭放置了十多把巨型沙灘傘、沙灘椅和小桌子，程郢步向最大的冒煙處，海水有點冰涼，走近些有點熱，她回頭看，發覺它與隘口、日式庭園溫泉和主屋連成一線，原來是海水溫泉，祇要在上面挖出一個水窪，躺臥在裡面便能夠享受與別不同的海水溫泉浴，真的很像新西蘭的海水溫泉浴場，程郢盯著煙霧，腦海即刻浮現逼真的景象，她浸泡在海水溫泉，前面有一人長髮微鬈背著她站立，披沙灘浴巾、露出窄腰，性感花斑斑的細小泳褲，她不自覺說出『喂』呼喚，那人沒有反應。

「喂。」

程郢如夢初醒，茫然不知看著阿森。

「你怎麼啦？好像在做夢。」

「沒什麼，剛才集中精神在想怎樣才能挖出一個水窪浸泡，被你嚇了一跳。」

「等會問傻大姐拿取鏟子吧，還有你想吃什麼做午餐？順便點餐。」

「沙冰檸檬茶少糖，田園沙拉，新西蘭青口、小羊排。」

阿森吃了一驚，轉身點按呼喚器，程郢沒有發覺狀況，逕自走到最近隘口的沙灘椅躺下來，闔上眼，沒有先前那個歷歷在目的景象，剛才那一個夢中人是男還是女？想著想著便入睡了，忽然聽到有人對她輕輕耳語，啊，那個夢中人是女子，她嚇傻了張開眼，傻大姐對著她嘻嘻憨笑。

「程小姐，你的午餐預備好了，請慢用。」

「謝謝你。」

阿森已經在旁邊大快朵頤，其他三對男女已經到來沙灘，最遠右邊是二名高傲的貴婦換上簡約休閒便服，喝著飲品聊天，二個女子為她們做腳底按摩，最左邊是鬼祟男女，女的反身俯臥裸露背脊，一個女子為她做全身水療按摩，男的飛擲回力鏢，接著拿著魚竿走去海邊釣魚。

最近程郢是那一對忘年戀男女，老男人專心望著前方，神色凝重，前面在海邊嬉水的女人十分狂野，蓬鬆長鬈髮披肩，描眉畫眼，鮮紅色比基尼，丁字型泳褲，露出雪白渾圓的屁股，不停對著老男人拋媚眼吹飛吻，頻頻騷首弄姿，擺出各種誘人的姿態。

「怎麼那對忘年戀男女沒有管家嗎？」

傻大姐雙眼轉動了幾下，再掃瞄其他三組人回答：

「你說的是老男人和中年女人，他們的管家正在為二名老女人服務，她叫一號，二個老女人的管家叫二號，中年男女的叫三號，她們都是白夫人特地指派的。」

「為什麼你和痴情司都有名字，她們沒有？」

「她們都有自己的名字呢，只不過怕客人不高興，才改叫號數，不過，名字也只是符號而已。」

「誰教你說話這樣哲學？既然白夫人特地指派她們服侍客人，當中會有內涵含意吧，她們叫什麼名字？」

阿森對程郢眨單眼，豎起姆指。

「一號叫薄命司，二號叫暮哭司，三號叫結冤司，至於有什麼隱喻暗示，我也不甚了了，白夫人沒有給我儲存資料。」傻大姐說完後呵呵笑。

「不知道也無所謂啦。傻大姐，你除了氣力大之外，還有什麼技能？」

「你們留心看啊。」

傻大姐跑向海中心，愈跑愈遠，直至沒頂，過了一會，海中露出一個小圓球，緩緩膨脹起來成為一個大圓球，旁邊附設拉環扶手，大圓球自動導航飄浮回沙灘，跟著慢慢收縮變回體胖憨厚的傻大姐，步行上岸。

「你好厲害啊，可以變身做浮泡工具，能夠在海中救援，原來白夫人故意將你造成胖嘟嘟是有原因的。」

「過獎。是白夫人最近將我重新改造，加入這一項變身功能，就是有在海裡拯救遇溺者的用途，我還可以變得更大啊，白夫人說我是超能救生員。」傻大姐得意忘形誇獎自己。

「白夫人真的多才多藝，她平時做些什麼？」

「她很忙啊，每天很早起床，吃過早餐，與痴情司到對面沙灘散步，之後整天躲在工作室做研究，直至晚上，有時想到什麼要做，就會飛鴿傳書吩咐我們完成。」

「就像昨晚傳訊息，指揮痴情司應付那個最後到來的的男人？」

「我不知道你在說什麼，接待貴賓是痴情司的事情。」傻大姐很乾脆回答。

「我很仰慕白夫人啊，可惜總是見不到她？」

「她最近生病，晚上很早上床。」

「她生了什麼病？」

「白夫人沒輸入資料給我。」傻大姐運轉了幾下說。

「昨夜那個男人，現在他在那裡？」程郢盯著傻大姐。

「他在三樓客房，白夫人派遣了春感司服侍他，不許他下樓，祇能夠在三樓活動。」傻大姐傻裡傻氣有問必答。

「他為什麼會到來？」

「白夫人沒給我資料，我不知道，你們去問春感司吧。」

「還有啊，今天晚上我們想到對面沙灘看月亮昇起，你能否替我安排？」

「這裡的日落也很美啊，你們不要錯過。在對面的沙灘不單止看到月亮上升，要是條件適合，還可以看到小型極光呢，我先去跟春感司安排快艇，遲點通知你們。」傻大姐轉身離去。

「剛才你也很厲害，誘導傻大姐說出白夫人的事情，可是，那些名字蘊含了什麼特別的意義啊？那個男人又是誰？」

「管他啊，我們先去享樂一下，去游泳啊，不要辜負明媚的天氣，燦爛的陽光和雪白的沙灘。噢，青春，真可愛青春。」

「去你的，你已經不再青春，快要十八、二十二加起來了。」阿森在她背後故意氣她。

程郢毫不理會，率先奔向海裡，突然，颼的一聲，一件毛茸茸的東西飛撲在她的臉上，打得她疼痛，她惱極扯下來一看，原來是一個蓬鬆長鬈假髮，她到處張望，赫然看見那個在海邊的肉感風騷女子，頂著大光頭，慌張不已尋找她的假髮。

第八章

風騷女子看見假髮的去向，不跑去程郢，反而跑到老男人身邊，緊緊握著他的手，撇嘴扭屁股跺腳撒嬌，接著戴上誇張的沙灘帽，時尚的太陽眼鏡，施施然坐下，嘟嘴搧風翹腿，毫不理會程郢的目光，望向別處，老男人緩緩走向程郢，對她合十輕聲說：

「施主手持之物是小友所有，那祇是一場意外，剛好落入施主手中，未知可否交還？」

「無問題，既然是貴友的物件，應當歸還，可是物主為何不親自請求？此乃禮數。」

「見諒見諒。小友自小獨處深閨，不懂凡塵世俗事，未慣與檀越交流。」

「請取回。」

程郢雙手奉上假髮，老男人拎著回去，風騷女人搶過來戴上，對他嬌笑，親昵撫摸老男人的脖子，活像稱讚狗狗，挽起包包，也不理會其他私人雜物狼藉散落地上，與老男人摟腰搭背，十指緊扣格外親熱離去，宛如一對熱戀甜蜜的愛侶。

「你還惱他們在日出山上的行為令人側目。」

「那位老人家的用語很特別，而且全程都看到他戴帽子。」程郢好奇說。
「人家光頭嘛，怕曬太陽，我反而欣賞那女子坦蕩開放，不吝嗇有好東西跟人分享。」
「你是同志。」
「我沒說喜歡她，只不過以事論事，而且那個徐娘很愛美耶。」
「愛美就不會剃大光頭，愛美就不會揀老男人，她愛錢不愛人。」
「你歧視任何人，妄下結論。」
「我沒有，我是對事不對人，客觀評論。」程郢神情執拗反擊。
二人鬥了一輪嘴，又一起跳到海裡游泳，在沙灘日光浴，磨蹭了半天，其他人都走了，二個管家在收拾清理，他倆拎著東西回去。
經過『幻覺離恨天』，看見那件騷貨在裡面玩樂像做默劇，她雙手舉起放在頭上，像配戴一樣物件，豎起雙手姆指，抬起右腳踏在一件物件之上，面露燦爛笑容，好像被人拍照；接著她手裡好像拿著照相機向下對焦，不斷做手勢拍攝，神情興奮，自我陶醉，她表現出異常歡樂狂喜，像不愁衣食、任意揮霍的炫富女。
程郢的輻射磁場測量儀器有反應，她從背包拿出來看，發覺這裡的輻射指數極高，『幻覺離恨天』用電量巨大，程郢周圍張望，這裡祇有為數不多的太陽能和風力發電設備。他倆看了一會，沒甚看頭便回到三號屋，屋子對著碼頭，右邊是三層高的主樓，左邊是四號屋忘年戀男女居住，最右邊一號屋是鬼祟男女居住，餘下二號屋是二名矯情的貴婦居住。

阿森用痴情司告訴他們的方法進入屋裡，一樓是客廳、餐廳和廚房廁所，二樓是二間大套房，程郢要了接近主樓那一個房間，沖澡時泡過海水溫泉，但不覺得黏住許多鹽分，之後到一樓客廳用投射器看電影，不料倦極睡著，跟著聽到門鈴聲，電影已經播完，阿森恰巧下樓開門，傻大姐笑瞇瞇站立門外。

「今天日落約六點半，月亮上昇是八時左右，你們要不要看著日落吃晚餐，再坐快艇到沙灘看月出。」

「這是超讚的主意啊。你剛才進門要按門鈴，你們是否也不能夠隨便進入獨棟屋？」

「是啊，賓客本人才是開門的鑰匙。二位，請點餐。」

傻大姐走後，阿森伸了個大懶腰，抱著大型的坐墊攤軟在四人座的長沙發，夢囈般說：

「我睡得半夢半醒時，忽然聽到按摩池水炮的聲響，跟著傳來謔浪笑語，露骨淫蕩的打情罵俏，之後是不斷陣陣呻吟的歡愉聲。」

「是你做綺夢吧，那裡來按摩池？我們屋裡就沒有吔。」

「你說得也對。」

傻大姐已經在屋外小花園佈置好圓形餐桌，中央放了一盤色彩繽紛的百合，二個蠟燭杯，對面群山排列，擁著中間微微突出小巧玲瓏的山岡，滿天七彩繽紛的霞彩，太陽倏地落下去，天色漸暗，傻大姐捧來豐富海鮮晚餐，有台灣糯米紅蟳、法國銅蠔、阿拉斯加長腳蟹、日本魚生、青島對蝦，還有香港清蒸野生細鱗和沙拉，傻大姐點著燭光，氣氛變得浪漫夢幻，阿森隨意問：

「為什麼屋裡沒有按摩池？」

「有啊，不過要預先訂下，四號屋就要了一個，是我扛進去的。」

「白晝宣淫，這樣年紀還真好性趣。」阿森茅塞頓開說。

「金先生，你說些什麼，我不明白。」傻大姐一直傻笑。

「回去問你的白夫人。」

傻大姐一直陪笑。晚餐後傻大姐收拾好了，匆匆跑回主屋。

他們搭乘快艇，乘風破浪駛向沙灘，十多分鐘後到達，春感司坐在浮橋碼頭等候，阿森周圍搜索，程郢找對了位置，望向浮橋碼頭標誌桿和縫隙，可是縫隙不是縫隙，是超大超闊的隘口，幸好春感司坐在浮橋碼頭，依然可以利用三點聯成一直線，再聚焦在隘口，銀白色的滿月由隘口中間升起，填滿了隘口，散發著可親可愛的柔和清輝，程郢用手機拍攝由月亮爬升直至來到二山相會的頂端，情況有點跟早上的太陽不同，好像有一點偏差，想再要看清楚點，玉兔瞬間昇至半空了，程郢祇好四處走動假裝賞月，配合阿森的偵察行動。

「你剛才到處搜索，有什麼發現？」

「這裡的防守很嚴密，找不到破綻。」

「我倒想見識機械人保全所使用的音波槍。」

「找機會啦，不過，我走近鐵絲網圍欄時，聽見那邊窸窸窣窣，不知是否有人到來窺探，還是動物覓食？」

程郢正要回答，春感司高聲叫道：

「二位，我們要回去了，打雷的時間快要開始。」

二人趕忙跑回快艇，春感司握著方向盤駛向小島。

「這裡每晚都打雷嗎？」

「是的，從晚上大約九時至清晨三、四點，春夏間尤其應驗。」

「為什麼？」

「陽極陰生，行雷閃電的原理是帶負極的電子遇上正極電子互相碰擊，這裡群山環抱，晚間風力由陸地吹向海裡去，被山勢阻擋，逼迫風力向上流動，將陸地上的正極電子帶到天空的雲層，跟那裡的負極電子相遇，二者強烈碰撞，發生行雷閃電。」

「據說條件合適，這裡能夠看見小型極光，要有什麼條件？」

「要在天朗氣清，沒有雨雲的日子。但是天氣預測這幾天都會是密雲多雷的日子。」

「在那裡看得見？」

「地球核心是一個龐然大物的液體移動鐵溶漿，它不停移動會在十數萬年間令地球的南北極互相掉換，這種狀況在地球的悠久歷史已經發生過許多次，鐵溶漿締造了地球的南北極磁場，北極磁場比南極弱點，每當太陽風侵襲地球，一些太陽風電子輻射會直接闖入北極上空，北極磁場扭曲了電子輻射能量，二者激烈碰撞，拚發出祇有白色光芒的極光，太陽風時大時小，光芒也幻化成幽靈在天空跳躍閃動，但是想要看到五光十色的極光，需要透過攝影鏡頭將白光散發成七色才能看得到。」

「我說在小島那裡才可以看見極光？」程郢特意再問一次。

「小島南北極磁場是利用地球磁場製造的防禦網，磁場最弱小的地方就在隘路的上空，也是行雷閃雷最頻密的地方，在那裡可以看見小型極光。」春感司不帶半點感情回答。

「謝謝你。」

「不用謝。我們到了。」

烈風吹得海面波濤洶湧，春感司靈活跳上碼頭，突然傳來一個雷聲巨響，摻雜風聲狂嘯宛如有人淒厲尖聲呼救，春感司趕緊從顛簸的快艇照顧二人上岸，綁牢快艇，送他們回屋裡，急速跑回主屋，他們進屋後，阿森瞥見二樓房間的老男人沉思凝望海中的湧浪，不知在想什麼。

他倆在客廳整理資料，阿森打開手機及通訊機，沒有陸社長的通訊回答關於客人的問題，其他人的無聊話倒是一大堆，阿森說十分疲累，要早些回房間睡覺。

程郢忙著將昨晚和今天所拍攝的資料壓縮，儲存在手錶裡作為副本，這是石老爺子的多功能法寶，任何時間都要戴著它，程郢打了一個呵欠，天上同時也打了一個響雷，看一看手錶，十點多，好像是聽到第二聲雷響，洗過澡後上床休息，熄了燈望向斜對面，看見主屋三樓仍然開著燈，房間裡的影子不停移動，在窗前瞥見春感司的側面，有人輕撫它的臉蛋，沉聲輕嘆：

「宗怡，宗怡，你知不知道現今在這個世上我祇記得你一個人？」

「思君之念未曾忘。」一女子的語調幽怨。

怪不得春感司趕著跑回主屋，原來春感司造得像宗怡，那麼宗怡是誰？是那個神秘男人的前度戀人？正如痴情司造得像紫鵑，胖妞像傻大姐，可是，通通都是紅樓夢的薄命人，程郢倦極，翻過身很快入睡。

第九章

第二天早上程郢很遲起床，盥洗完畢下樓，阿森在點按呼喚器點餐，似乎沒有效應，傻大姐還沒有出現報到，二人只好走到主屋一樓餐廳，沒有其他客人，祇有痴情司在候命。

「其他人呢？」

「他們都在屋裡用餐。」

「我們找不到傻大姐，不知何故芳蹤杳然？」

「我等會去找一下，看它是否在偷懶。你們請點餐。」

他倆吃過早餐後，決定去右邊蒲飛小徑的觀景展望台，來一個環迴三百六十度遠眺風景，小山丘坡度平緩，上山不太費力，蒲草高及腰際，怪風吹得搖搖擺擺，一路可以看到下面的建築物和隘路，來到半山，程郢觀看崖壁黝黑發亮的岩石，發現其中一根巨大的石柱有異狀，走近看清楚，竟然發現有一個人的腦袋對著崖壁，俯伏騎在上面，身穿漂亮的晚裝長裙，一動不動，了無生氣，頂著一個大光頭，佈滿血污，是那個風騷肉感的女子，她懸掛在半空的石柱上，好像已經喪命。

二人急忙轉身走下山報告，突然看見老男人飛跑上山，一號管家跟隨其後，還以為他會停下來憑弔死者，怎料他繼續向山頂奔跑，二人奮力追趕，祇能望其項背，再追幾步，老男人已經去到山頂中間，倏地縱身一跳到空中，大叫一聲，飛墮懸崖底，看來是凶多吉少。

二人氣喘如牛跑到山頂，那是一處平坦的黃泥地，上面也鋪上了一些好像是金屬電池板子，組成一大幅四方格的板塊，上面散佈了泥土，一號管家面無表情站立，不知應對，程郢命令它：

「薄命司。」

「是，程小姐。」

「由頭到尾告訴我發生了什麼事情？」

「今早超健老爺子點了一份十分豐富的早餐，他和顏悅色用過餐後，他笑著說想去緩步跑及練習太極，我提出最好的建議右邊山路適合跑步，那一條平緩的山路沒有樹木阻擋，山頂有平地足夠運動。」

「你有沒有見到那個中年女人？」

薄命司停頓了幾秒回答：

「你說那個中年女人是惠心小姐。我送早餐過來，祇看見超健老爺子一個人，我問他惠心小姐要不要點餐，他說她正在熟睡。」

「接著怎樣？」

「他說想跑得輕鬆點，我說可以穿著一雙配備鈦電磁場加速器的跑步鞋，那是利用無軌懸浮列車的磁場原理推進，便帶他到主屋二樓娛樂室嘗試穿著，他穿了以後笑逐顏開說從此可以輕易跑上山，接著他起步，我跟著他，經過你們，我追著他，他愈跑愈快，到了山頂，跳落山崖。」

「你為什麼跟著他？」

「那是我的職責，白夫人說他是老人家，身衰力弱，精神不繼，容易發生意外，要我時刻留神照顧。」

「帶我去見白夫人，我想告訴她二件命案。」

「請這邊走。」

「等一下」

程郢拿出手機將周遭一切拍攝，也拍攝了惠心伏屍現場。

他們來到主屋，痴情司正在候駕，告知白夫人已經獲悉二件命案，即時報了警，程郢二人也沒事可做，便回自己的屋子裡，看見海裡翻滾滔滔白浪。

「超健老爺子會不會是殉情而死？」阿森用手肘支著腦袋問。

「如果他是殉情，就不會和顏悅色享受十分豐富的早餐？就不會輕鬆說去緩步跑、打太極？就不會笑逐顏開試穿配備鈦電磁場加速器的跑步鞋？」

「但是我們都看著他跑到山頂，一躍跳下懸崖，薄命司離他還有十步之遙，並不是它推他落去，而且我們祇是慢了十幾秒到達，沒發現山頂有其他人，要說不是殉情，那麼跳崖的動機是什麼？」

「剛才發現屍體時是九點多，要是惠心一大清早起床散步，踏踩蒲草失足滑倒，跌下崖壁，擱在石柱上。」

「耶，那是一個合理的解釋，惠心失足跌死，然後超健去尋找她，發現她死去，傷心過度，精神錯亂，大悲過後失常，變為大喜，喜孜孜吃早餐跑步，跳崖殉情。」

「不對啊，散步不可能穿著晚裝長裙？況且，為什要冒險爬下懸崖呢？」程郢即時否定自己的假設和推理。

「女人浪漫傻起來，什麼事情也做得出。」

「這樣勉強也說得通。可是也不對啊，要是惠心失足，會用背脊滑落去，她應該是仰臥向天，不可能俯臥騎著石柱，腦袋頂著崖壁。」

「超健說惠心在熟睡有點模稜兩可，好像知道她死去，又好像不知道。會不會是一大清早超健和惠心一起散步，超健推惠心落山崖，之後超健才會心情愉快吃早餐，笑著跑步。」

「要是她被推下去，那麼會是正面跌落到岩石，她的腦袋是向著外面，如果是滾落去，會直落到隘口小路上，還是解釋不了惠心屍體的腦袋頂著崖壁，根據方向推斷，惠心要由對面飛過來，才有這個姿勢。況且要是超健動手除去惠心之後，也用不著跳崖自殺。」

「除了畏罪自殺，還有什麼解釋呢？」

「唯一賸下的解釋就是他殺。我們先要搞清楚惠心的死亡時間。走吧，我們再去蒲飛小徑找線索。」

「為什麼還要再去？況且他殺也要有動機。」

「剛才薄命司在現場監視，我不想讓白夫人知道我們在調查命案。」

「白夫人也關事嗎？」

「你不覺得白夫人很神祕嗎？」

二人來到惠心伏屍的崖壁，屍體奇快地被移走了，程郢想撥開蒲草往下一點拍攝，發覺有點滑，示意阿森拋給她一條繩子，程郢抓著繩子小心爬下去，拍了照片，拾了幾粒黝黑石頭，再看一下爬上來。

「我發現那一條石柱向著對面山腰那個山洞，等一會我們過去那邊查看。」程郢冷靜分析。

他們來到山頂，程郢走進四方格中心，走幾步跨過矮腳圍欄來到懸崖邊向下望，是弧度沙灘，看不見超健的屍體，它們工作十分有效率，她回到四方格，取出輻射探測儀器對著板子檢測，沒有磁場反應，斷定板子不是太陽能鈷電池，也沒有輻射能量，是其他物質？未知是否金屬？她拿出銼刀在角位銼下一些粉末，放入小紙袋，再放入物證塑膠袋。

他們下山回到小廣場，經過網球場，那對鬼祟男女正在打網球，鬼祟男立刻停下來，垂涎看著程郢。

「靚女，要不要來一場雙打？」

「不了。不知道你們昨天有沒有見過那個老男人的女朋友？」程郢堆起笑臉。

「是不是昨天在沙灘裸露整個豐滿屁股的熟女？」

「你也看見她呢。」

「幾時輪到你？」鬼祟男輕佻看著程郢。

「我怎好跟她相比，人家沒有她的本錢嘛，也不及她熱情奔放，既然你沒見過她，我們到別處找她好了。」程郢開步走。

「你為什麼要找她？」鬼祟男追著問。

「她說過教我跳土耳其性感的肚皮舞，學會了我跳給你看。」程郢瞟了他一眼。

「昨晚我看見她經過我們的屋子，走上左邊的小山丘。」鬼祟男連忙攔住程郢，上下打量。

「什麼時間？」程郢輕輕挪開身體。

「大約晚上八時半左右，她穿上晚裝長裙，打扮十分華麗。」

「謝了，再見。」程郢說完就走。

「怎麼啦，你不陪我一下？」

「要是我找到她，就回來找你。」

程郢頭也不回，和阿森經過那個鬼祟女，聽到她嘲諷：

「又一個不要臉，專門勾人老公。」

程郢沒有反應，阿森奇怪道：

「你為何不駁斥？」

「我為什麼要跟一個沒有修養、市井潑婦當眾吵架？那豈不是自貶身價，跟她同屬一個級數？她不要臉我可要臉。她老公在她跟前猖狂做色狼勾搭女子，她可以視而不見，也不妒嫉，也不敢當面斥責她老公，或者生氣拂袖而去，反而忍氣吞聲縱容他，將責任推卸在第三者身上，這是極端反常，可以推斷這種事情經常發生，二人狼狽為奸，一個偷雞摸狗，一個幫他抹屁股，他倆同樣人格低劣，不值一哂。況且，我在查案，略作犧牲。」

「你倒也看得通透耶，為了查案犧牲色相，絕非浪得虛名的女漢子。」

「真的很古怪，為什麼沒有人通知他們超健和惠心死了？」

二人經過一號屋，從窗子看見一樓的情況，跟三號屋相同，裝潢家具也一樣，開門時要將門把手向屋裡拉。他們繼續走上山，二旁雜草叢生，偶有小樹，一條蜿蜒小徑直達山頂，快到半山有一條右轉分叉路轉入山洞，他們快步來到隧道口，程郢站住端詳三米高度的洞口，突然憂鬱愁緒來襲，這裡像極台灣旗津的大風隧道，她好像看到另一個自己，在隧道盡頭冒著寒風細雨，孤零零瑟縮身體佇候，傷心痛哭，任由淚水汨汨流下像悲劇女主角，為什麼會這樣？大風隧道發生了什麼事情？為什麼祇得我孤身一人？為什麼會痛哭淚流滿面，一點也不像灑脫的豪放女？

「你盯著隧道口，是否有什麼發現？」

「我在看這個山洞好像不是天然，表面十分平滑，是人工打造的。」

「真是廢話，整個小島完美得不像真實。」

程郢費事跟他唇槍舌劍走進隧道，頓時感到大風鼓動，洞壁用磚頭砌成，隧道不長但筆直，坡度微微向上，很快就走到另一端，洞口不高卻很圓，約有一點七米高，沒有柵欄安全保護，向外看望，下面是懸崖，對面崖壁略高處就是惠心伏屍的石柱，他倆在隧道搜索一會，發現了惠心幾縷蓬鬆長鬈假髮，程郢拍下它及周圍環境，收起假髮，走出隧道回到山路，二人分頭搜索，阿森在草叢找到一個膠環，程郢拍攝後收起，兩人接著向山頂那一片銀杏絢麗景色進發。

行行重行行，愈行愈近，明黃耀眼，來到丘頂，落葉鋪滿地，簡直投入金黃懷抱，陽光穿透樹林，明暗交錯，枝條垂生似楊柳，黑褐色的枝椏棲息著無數粉黃蝴蝶，疏影弄柔枝，金風舞浪蝶，程郢不假思索低吟：

「明黃的憂鬱擦傷了我的青春。」

「程郢姑娘好詩情畫意啊。」

程郢向前一看，白夫人身穿黑色輕紗長裙從樹後步來，秀曼雅逸，寂寞仙姿，痴情司紫衣裙帶飄飄，婉約矜持，宛如忠僕站在她身後，白夫人伸手牽著程郢走到懸崖前的欄杆，程郢向前走幾步，心頭顫慄，雙手不停抖動，冷汗涔涔，白夫人看著她驚惶失色的蒼白臉蛋，趕忙握緊她的手帶她到來樹林裡的椅子坐下，白夫人跟痴情司耳語一會，阿森則佇立在懸崖前的銀杏樹，凝望下方。

「你讀過胡適先生的小詩沒有？」白夫人神色悠閒輕鬆。

「是怎樣的詩？」

「『也想不相思，可免相思苦，幾次細思量，情願相思苦。』」

「你的詩也有相似的意境，它是否脫胎自胡適小詩？」

「程姑娘讀過我的詩？」

「是啊。但是我不太懂『長念無自主』那一句。」

「當女子愛上男子時，女子就會不能自拔經常思念男子，那種不受控的思念會令女子感到身體和情感完全被占據，失去自我和自由。」

「所以就有『欲棄猶自傷。斷續苦思量，還是相思好。』」

「這首詩是我年青時認識了當時男朋友所寫，從未公開發表。」

「那人是否白磊先生？」

白夫人不置可否。

「是我僭越了。可能之後你男朋友懷緬過去，放上網絡公諸同好，網友互相廣傳，我才讀得到。」

「或許吧。」白夫人仍是模稜兩可。

「嗯。」

「大自然很奇妙，植物也會在陰暗、不經常曬到陽光的位置長出綠葉。」白夫人伸手摘下一片外型完美扇形的銀杏葉輕輕把玩，程郢不解搖頭。

「它們能夠會互換能源，那些吸收了陽光的葉片會將能源調配，傳送給在陰暗裡生長的葉片，讓它們也能利用葉綠素製造能量食物，反之亦然。」

「這機能很靈活，甚有效率。」

「我的機械人活動原理也是一樣。你好一點沒有？」

「好多了。不知道為何原因我對這裡反應十分強烈？」

「程姑娘以前到過類似的地方？」

「我對這裡的景物似曾相識，既真實又像夢境，又愛又恨，心裡五味翻騰，就像你寫的詩前四句：『殘照相思樹，樹下說相思。相思令人苦，思君令人老。』」

「想必是前生記憶呢，程姑娘未喝孟婆湯，仍然惦記某一個人。但丁說過：『愛是一顆溫柔的心。』尼采也說：『愛情令人相同，是最溫柔的欺詐。』」

程郢低頭思索了一會，抬頭斷言說：

「我沒有跟人相同，我就是我，對男子的態度也是斬釘截鐵。」

白夫人微微一笑，沒再言語。

「為什麼不見了我的管家傻大姐，」

「它出了些問題，要進廠修理。」

「它說你最近生病，你有沒有大礙？」

「我就嫌它像傻大姐那樣多嘴，愛嚼舌根說三道四。」

「啊，這都是你的錯，它造得好像是真人呢。」程郢笑說。

「其實也不是什麼大病，你是明白人，我患了癌症。」

「以前癌症是絕症，現在有各式各樣的醫治方法，如注射預防癌症疫苗；採用納米機械人自動找尋異化癌細胞，對它即時用藥，將之殺死；培養幹細胞做免疫細胞治療法，哎呀，你是專家，我在班門弄斧、孔夫子面前賣文章。」

「程姑娘也知道不少啊。我用的方法是病毒治療法，病理學上癌細胞是自身的細胞變異，自身的免疫系統只有百分之一的機會偵測到變異的癌細胞，將之攻克清除，病毒治療法首先挑選合適的病毒，剪去病毒ＤＮＡ二個基因，一是生長基因，二是免疫基因，再將處理過的病毒細胞打入癌細胞裡面，讓自身的免疫系統察覺到外來病毒，將它偵測攻擊清除，同時也去清除癌細胞。」

「這種治療方法是幾十年前的發明，現今仍舊行之有效。」

「但是這種方法有二個缺點，一是免疫系統撲滅病毒和癌細胞後，不受控制，攻擊自身的細胞，二是病毒細胞很狡猾，也同步進化，懂得自我變形瞞騙免疫系統，在宿主體內增生繁殖，故此治好了癌症，又患了另一種病。」

「那怎麼辦？」程郢憂心忡忡。

「夫人，點心送來了。」痴情司和春感司拿著東西到來，二個張羅了一會，擺好了摺疊輕巧的桌子、杯碟餐具、各款鹹甜點心和飲料。

「我們先用些點心。」

「啊，有我最愛的tiramisu。」

阿森問得古怪：

「你記不記得tiramisu的意思？」

「意思是馬上帶我走，帶走的不只是美味，還有愛和幸福。是啊，有誰會帶我走？不，應該是我會帶誰走。」

程郢愣了一愣，刻意站起身做體操舒展筋骨，白夫人和阿森對望了一眼。

「噯，白夫人，你是怎樣挑選賓客？」程郢扭頭問。

「網上不是說得很清楚嗎？是隨機抽籤的，沒有偏私。」
「那麼什麼人最可恨？」
「為什麼此時此地突然問這種嚴肅的問題？」
「不知道，心有靈犀吧？在此時、此地、此情景很想問這種問題。」
白夫人想了一下回答：
「是那些背叛的人們。」
「背叛也有很多種呢。」程郢坐回椅子，對白夫人笑說。
「一是背叛信仰、耽溺慾念的人；二是背叛信念、趨炎附勢、崇拜權力，視人民如草芥的人；三是背叛愛情、玩弄別人感情的人，這些人都十分可恨。」
「祇要浪子回頭也不算背叛愛情啊。」
話說出口，連程郢心裡也吃了一驚，怎麼會這樣子？從來都是我釣男人，用完即棄，絕不心軟，從沒想過要回頭。
白夫人深邃地看著她：
「就是浪子回頭也是慘勝。不過女人很奇怪，祇要心裡有著仍然愛的感覺，縱然怨念羈絆，什麼都能忍下來，明明恨意難消，卻騙自己仍然愛著，表面上不會計較，但是男人卻很天真，甚至無知，以為女人不再計較，根本女人的心已經在搖擺，女子若是變心，一切從心開始。」

「那麼男人呢？」

「我告訴你一個故事吧。一名五十多歲的女子在她的小女兒結婚去度蜜月後第二天，單方面宣布與結婚三十多年的丈夫離婚，大家都覺得奇怪，他們的婚姻看來十分美滿，女子回答前夫在二十多年前曾經出軌被她發覺，前夫答應以後不會再犯，其後他也信守承諾，但是女子說前夫已經不是結婚當初所深愛的人，現今養兒育女的責任已完成，決意與前夫分首。」

阿森瞪眼看程郢，好像等著她表態，程郢連忙沒話找話：

「為什麼這裡祇有機械人，沒有其他幫傭人員？」

「要是沒有心靈的交流和共鳴，我寧願選擇一個人孤獨，也不想處身在歡樂的人群裡忍受寂寞，機械人是最好的伴隨。」

「正如俗語所說物以類聚，人以群分？還是，道不同，不相為謀？既不是同路人，何必委曲求全？」

白夫人祇對她微笑。

「你的機械人名字很特別吔？這樣司？那樣司？」

「那是對『紅樓夢』和佛經的淺見。太虛幻景的七司對應佛經的七情，喜、怒、哀、懼、愛、惡、欲，喜對春感司、怒對結冤司、哀對朝啼司、懼對暮哭司、愛對痴情司、惡對秋悲司、欲對薄命司。」

「七司對應七情？有什麼涵意？」

「你冰雪聰明，用心想一下就會明白。」

「你像他一樣可惡，那樣喜歡作弄人家。」程郢衝口而出，說完自己也愕然。

「他？誰是他？」白夫人饒有深意看著她。

「他……，他是阿森。」

「我？你有病，你一定受了這裡的地磁影響。」

「就是你，你最可惡，最愛戲弄我。」

二人追逐了一會，坐下休息。

「白夫人，人的記憶是什麼？」

「人的記憶分為短暫記憶和長期記憶，前者是大腦額葉的功能，後者在海馬體進行，再轉移到與語言、知覺有關的大腦皮層作永久儲存，短暫記憶必須反覆溫習，令它保持活躍，如果大腦沒有即時處理或回應訊息，它們就會快速消失。在長期記憶裡，訊息被永久記錄下來，一個人只要受到某種提示或刺激如氣味、環境、別人的說話或行為，就很容易回溯取出長期記憶，呈現在眼前。」

「很複雜啊。」

「還有選擇性失憶呢。」

「是什麼東西？」

「選擇性失憶是心理上一種防禦機制，當人們遭遇重大創傷或刺激，無法承受強大的精神壓力，潛意識裡會選擇忘記這件事，認為它沒有發生過，甚至還可能編造另一個故事解釋，表面上這件事已經被忘記，不過仍舊儲存在腦袋直到永遠。」

「那麼能否做手術剪掉這些的長期記憶？或者植入別人的記憶到海馬體，利用它轉化成長期記憶？」

「有一篇科幻小說是這樣寫，一對陌生男女在異地邂逅，互生情愫，繼而熱戀，後來發現他倆在十多年前竟然是一對戀人，驚訝之餘，追尋原因，真相是當年二人在一場激烈爭執後，各自花錢找科技公司抹去彼此的記憶。」

「他們是否還記起對方？」

「不知道，人腦是如此複雜纏結，科學家仍在苦心研究。可能那對情侶已經不記得對方，祇是喜歡同一類型的異性，剛巧二人又碰上；可能他們像柏拉圖所說，天生要找回另一半，互相尋尋覓覓；又可能他們潛意識銘記對方，不能磨滅，誓不甘休在人海中找出來。」

「那麼你現在研究些什麼？」

「意識上傳，或者是意識轉移。簡單來說，記憶是腦電波，是電子能量，祇要將這些電子能量轉化成電腦可閱讀的語言，就能夠將人的記憶儲存在載體，放在電腦運作，目前依舊鑽研及改進載體硬件，可是一個人的記憶容量實在太了，要用整個工廠的空間才能盛載，故此現今的技術祇能上傳部份記憶。」
「哎呀，真是太深澳了，我有點吃不消。」
「夫人，你已經很疲累了，還是回去休息。」痴情司軟語提醒。
「二位，欠陪了。」
二人目送白夫人離去，程郢狐疑地問：
「為什麼白夫人剛才說我是明白人？」
「你就是有病，剛剛還胡說八道說我是你的他。況且我怎知道？我祇會一心一意喜歡一個男人。」
程郢對他翻了一個大白眼轉身走下山。二人到主樓吃過午餐，先去泡溫泉，再到沙灘玩水上活動，曬日光浴，做水療按摩，消磨了整個下午，返回屋子經過『幻覺離恨天』，鬼祟男在裡面十分享受，看到他那副猥瑣模樣和不堪入目的動作，程郢加速離去。
黃昏時分，二人仍然在小花園優閒地欣賞日落，享受和牛、韓牛、澳州龍蝦和長腳蟹火窩晚餐。飯後整理資料，收到陸社長傳來的訊息，二人湊在一起，閱讀超健和惠心的資料：
『超健和惠心姓釋，佛門弟子，釋超健任職寺院座元和尚兼都監，差點繼任寺院主持，名副其實的高僧，釋惠心自幼在佛教家庭長大，取得文學學士學位，畢業後禮上覺下名法師出家，在寺院求受三壇大戒後，於藏經樓閱讀藏經三年，主管藏經樓事務和寺院秘書，二人皆為寺院董事，每月領取等值約三千美元的董事袍金。

釋惠心為釋超健的入室女弟子，近年一僧一尼常見雙雙出行，曾往泰國、首爾及北海道禮佛參禪，他們是組織的佛教代表，組織慶生周年訪京，順道往內蒙遊覽住宿蒙古包，釋惠心更在臉書留言說：『來到庫倫銀海灣，其中最喜歡的還是越野車，那叫得極其刺激。』上載的片子她戴上頭盔，非常興奮踏在越野四驅車的輪胎，還有在北京米芝蓮素菜餐廳京兆尹的照片，將每道菜式拍照留念，形容餐廳裝潢設計別緻，裝飾精美，菜餚可口絕非凡品，曾經有許多明星名人惠顧。

近年二人多次把臂同遊夏威夷，同居共食，更被人拍下釋惠心身穿比基尼，手搭釋超健肩膀，親昵無限，據私家偵探報告，夏威夷的居住地址是寺院佛學院購買，裡面設備佛堂，可念經頌佛，報告提及鄰居憶述釋超健和釋惠心這十年來，每年夏天都到來入住數星期，令人震驚是主人房設置了一個超大的按摩池，可供鴛鴦並浴，鄰居稱經常聽到陣陣呻吟聲。

報導刊登後，釋惠心否認指控，還在網路發出一大堆訊息還擊網民：「心美一切都美，心邪所見盡邪」、「孤身走我路」、「是是非非何日了，煩煩惱惱幾時休，一笑置之」、「做人五個字。靜、平、忍、讓、淡」、「理解我的人，不需要解釋，不理解我的人，不用解釋」、「今天傳媒風言風語，最好測試誰是敵人，誰是朋友」、「做人別太過，做事別太絕」

二人看過後十分唏噓，阿森恍然大悟說：

「怪不得二人全程戴帽子、戴假髮。」

程郢不答話，一邊踱步，一邊喃喃自語不斷反問：

「鬼祟男最後見到釋惠心是晚上八時半，我們大約九時回到小島，當時聽到風聲淒厲宛如有人呼喊叫嚷，我們不以為然，那必定是釋惠心的求救聲，她在九時後不久遇害，案發地點在隧道內，疑點是為什麼她會妝扮得美美跑到隧道去？要是她跟人約會，那個人會是誰？兇手用什麼方法殺死她？之後搬運她的屍體到對面崖壁，放在石柱上面？可是，為何要費盡心機把屍體搬到石柱上？當中是否有內涵暗喻呢？」

「那個約會釋惠心的人不是釋超健，昨晚我們從沙灘回到屋裡，我看見釋超健本尊在四號屋二樓的房間凝神望海。咦，你為何那麼肯定她是晚上被殺？不是今天早上呢？可能她跟人約會後返回屋裡，第二天去散步被殺。」阿森肯定說。

「我們在隧道裡找到她幾條長鬈假髮是最有力的證據，她是昨晚被殺害。」

「那個跟她約會的人是否鬼祟男？還有，躲藏在白夫人三樓那個神秘男也很可疑，可能他也是釋惠心的霧水情人。」

「積點口德，你犯了口業。但是神秘男是什麼身份呢？況且釋惠心徹夜未歸，難道釋超健沒有發覺她失了縱嗎？兩人形影不離，為什麼他毫無反應？第二天早上還若無其事享受早餐，跟著跳崖而死，真是太多疑點了。」程郢皺著眉頭。

「可能釋超健和釋惠心分開房間睡覺，釋超健吃早餐時，以為釋惠心仍在睡覺。」

「或許吧。那麼釋超健就不可能是殉情。」

「我說過是畏罪自殺嘛。」

「剛才你證實昨晚九時釋超健在他的房間，不可能殺害釋惠心。」程郢咄咄逼人。

阿森啞口無言了半晌才答話：

「至於殺人方法又怎樣？小島晚上總是刮著強勁烈風，剛才我們在隧時也鼓著大風，會不會是強風由外面吹進隧道被壓縮加速，氣流將釋惠心吹過對面山頭？她被大自然意外殺害呢。」

「隧道入口被小山丘保護，勁風祇能夠從大海吹進，經過兩邊崖壁隘口壓縮吹進小島，那樣會將釋惠心吹回隧道裡面。而且有實驗做過用一圓筒罐，在罐底刺穿一個小孔，拍打小孔，壓縮的氣流加速祇能夠吹倒了疊起的紙牌，沒能將紙牌吹走，況且在刮起颶風時，就算是時速一百公里的風速也只能將人吹翻跌倒在地上，根本不能夠將人吹起到半空，除非是龍捲風才能把人捲到空中。」

「可能小島恰巧翻起龍捲風，將釋惠心捲到對面崖壁。」

「痴人說夢話。龍捲風的誕生有特定條件，通常在大白天炎熱日子空曠的大地上，熱空氣急速爬升，抽捲附近熱流旋轉向上捲成漏斗形。不過，我倒看過新聞氣流波殺人事件，一群攀登喜馬拉亞山人士，晚上在山上紮營過夜，第二天營幕東倒西歪，裡面所有人都摑在旁邊的大石遇害，後來發現附近的山頭在夜晚曾經滑坡塌山，產生巨大的氣流波吹襲他們，連人及營幕吹至半空，再撞石而死。可是，大風隧道和小山丘是完整無缺，沒有發生坍塌。」

「那麼祇贊下兇手先殺死釋惠心，再搬運到石柱的可能。」

「我們有一件非常重要的事情沒有做。」

「是什麼？」

「檢驗屍體，確定死因。」

「你知道屍體放在那裡嗎？」

「白夫人嫌棄釋超健和釋惠心二人腌臢，行為不端，不會將他們的屍體擺放在自己屋裡，我猜屍體依舊放在四號屋，問題是我們如何進入屋子？」

「你是怎樣推論出來？」

「行為心理學，白夫人一定了解、調查過客人的底蘊，知道他倆不守清規戒律的事情。走吧，我們過去試試。」

二人走到四號屋，大門看似鎖著，程郢嘗試推動，竟然一推就開，對阿森打個手勢，二人躡手躡腳走上二樓，推開主人房間，看見釋超健的屍體赤腳放在床上，便走到另外一個間房，釋惠心的屍體赤腳躺在床上，穿著邋遢的晚裝長裙，頂著血污的大光頭，阿森說未見過屍體有點害怕，況且是女屍更加不想觸摸，更慫恿程郢是女漢子，天不怕地不怕，程郢壯起膽子走過去，先對屍體合十禱拜，帶上手術手套，它們沒有清理屍體，屍體的頭頂破裂，穿了一個大洞，流出黑褐色的血污好像網絡包裹它的臉蛋，程郢鼓起勇氣解開長裙，阿森轉過身迴避，程郢仔細檢查屍身，拍下照片，過了好一陣子為屍體穿好衣服，與阿森放輕腳步返回自己屋裡，阿森滑著手機的屏幕觀看。

「頭頂祇有一個大洞，除了胸口有些磨損的瘀傷外，屍體完整無缺，也沒有利器鈍物砍伐的傷口。」

「她的死因是頭頂猛撞崖壁而死，兇手沒有在隧道殺害她。」

「可能兇手在隧道將她撞牆殺死她。」

「我們在隧道找不到血跡。」

「會不會是兇手在隧道用藥將惠心昏迷，搬運她到石柱撞死她。」

「你想到的殺人方法既複雜費事，華麗又氣派，簡直是不世犯罪天才的傑作。」程郢對他無情揶揄。

「起初我還以為她是新潮流熟女，剃光頭招搖過市吸睛，原來是不守清規戒律的比丘尼。」

阿森對程郢的譏諷不以為然。

「天作孽，猶可恕，自作孽，不可活。比丘、比丘尼犯淫戒，死後必受果報。」

「我不是佛教徒，當然不信。」

「兇手如此悉心安排，釋超健和釋惠心肯定是他殺呢。」

第十章

假期第三天一大清早阿森起床，穿上運動服出外跑步，他繞過主屋跑到後面去弧度沙灘，旭日初升，他經過日式庭園溫泉，瞥了一眼，看見有人俯身浸泡在裡面，急忙走下溫泉將屍體反轉，吃了一驚，竟然是一個陌生女子，立刻跑回屋裡找程郢一起調查，二人來到庭園溫泉，屍體不翼而飛。

「是不是你老眼昏花朦朧，看錯了眼？」程郢皺著鼻子埋怨。

「不，我親眼看到的，還走下溫泉將屍體反轉看清楚。看，這就是我從溫泉上來，跑回三號屋的水路痕跡。」阿森指著地下堅稱。

「要是有人在你離開後打撈屍體，也會遺留滴水痕跡，可是這裡完全沒有。況且，小島防守嚴密，外人很難越過守衛森嚴的防線，登島殺人。」

「嗨，我找到一些東西。」阿森將物件交給程郢，那是一段拗彎成螺旋形的堅硬小銅條，上面纏繞著堅韌的繩子，二人不知物件有何作用，程郢將它收起，一同去主屋吃早餐，依然衹得他倆，痴情司在候命，程郢點過餐問：

「為什麼還未見公安到來？」

「我們已經遞交了詳細報告，附加片子傳送給公安，他們將二起事件定案為意外和自殺，稍後派遣人員到來調查。」痴情司神態自若回答。

「其他人呢？」

「他們都在自己屋裡吃早餐。」

「第一天晚上九時左右你有沒有看過釋惠心？」

「客人在這裡是自由活動，我們不會監視他們。況且，我們的電池已經耗盡了，晚上九點之前我們必須回到主屋充電，直至早上六時。」

「你們在這段時間完全停止活動？」

「是的。」

「怪不得在第一天晚上傻大姐在晚餐後、春感司送我們回屋裡，急忙跑回主屋。嗨，明天是假期最後一天，行程怎樣？」

「吃過晚餐，大約七時乘搭快艇離開小島，九時開車，隔天清早返回市區。」

痴情司走開，阿森嘆氣道：

「我曾經想過是否機械人將釋惠心拋擲到崖壁殺死她？但是它們九時前就要回到主屋充電，

直到第二天早上六時。」

「我也仔細想過機械人殺人，但是隧道洞只有一普通成年男子的高度，要是機械人高舉惠心就會抵著洞頂，阻擋它將惠心向上拋擲到對面的崖壁，要是抓住她的一手一腳，側身掟出去，就會偏向左方或右方，屍體掉落在隘路之上，不會擱在對面崖壁的石柱上。」

「我們等公安到來偵查再算吧。」阿森聳聳肩說。

早餐後二人去打網球，看不到那對鬼祟男女，他們玩了二個多小時，決定到沙灘游泳及享受豐富的午餐，經過日式庭園溫泉，白夫人坐在別緻的小亭子啜飲香茗、品賞精緻的和菓子，望著『幻覺離恨天』，看見到程郢二人，招手叫他們一起觀看，二人欣然答應，程郢看了白夫人一眼，她眉心隱現黑氣，神色疲累，程郢轉身看見裡面是其中一名貴婦，她手舞足蹈，咬牙切齒，面露不忿之色，高聲叫罵。

「我為什麼會被制裁？被定型跟邪惡軸心組織的流氓土匪看齊，被視為恐怖份子？其他人嘲笑我又考了第一了，我嗤之以鼻，我問心無慚，我從不理會傳媒，我百毒不侵，我迎難而上，我愛組織，我願為組織死而後已。６１２，７２１，８３１事件都是暴徒煽動群眾，企圖分裂顛覆組織，他們都該死。」

「你們知不知道她是誰？」白夫人輕聲問。

「我早就認出她們，裡面是大絲，另一個是小絲。」程郢撇著嘴角。

「末代港督彭定康在上議院演說時批評她們是quisling。」

「Quisling？」

「那麼二零一九年612、721、831事件又是什麼呢？」

「國中歷史科也有授課，教科書是這樣明確記錄的，612是反送中暴徒煽動群眾上街示威，意圖推翻組織，士卒使用最少的彈藥、最克制的武力瓦解，令暴徒不能得逞；721是黑衣人暴徒在中環示威後，黑衣人暴徒糾眾到元朗搗亂，士卒為了應付各處暴徒示威，人手不足，一班保家衛國的忠勇白衣人挺身而出，與黑衣人暴徒在元朗地鐵站周旋對抗，雙方旗鼓相當，勢均力敵，最後士卒到來清場，之後經過調查，抽出煽動暴行的幕後黑手是一名立法會議員，立案調查；831是黑衣人暴徒在旺角尋釁滋事，不敵士卒勇往直前，暴徒節節敗退，跑進地鐵站，意圖搭乘地鐵逃跑，被士卒攔截，狠狠教訓一頓。」

「歷史是什那麼？某地方發生了連綿血腥鎮壓殺人事件後，屍橫遍野、血跡斑斑，血肉模糊，過些日子，祇有當代人依稀記得組織殘暴不仁，殺紅了眼，白骨纍纍，之後，組織也不收拾白骨，匆匆推土填平，在上面或蒔花種樹，或建房起屋、或修橋舖路，後人祇看見表面風光景象，卻不知道一切現狀都是建築在血流成河，屍骨摻雜，殘酷悽涼，悲慘痛苦的歷史上，從組織崛起至今數十年間從未間斷的血祭。」

「血祭？歷史書上記載是組織的革命尚未成功，同志仍須努力，才要鬥翻打倒階級敵人。」

「那些血祭比古時中美州瑪雅人斬人頭的祭祀還要慘烈，瑪雅人的血祭是膜拜自然，謙卑恭順討好神明為目的，誠心、誠惶誠恐畏天敬地。但是，組織的血祭就是要鬥垮鬥死人民，以仇恨為本，挑撥人們互相憎恨鬥爭為綱，挾雷霆萬鈞的烈焰狂潮痛擊老百姓，令他們驚恐生畏，不敢有異心，用人們仇恨的能量鞏固政權，千秋萬世。組織從建立的祭品包括地主、資本家、知識份子、農民、全體組織的官員，為達目的不擇手段，殺害老百姓毫不手軟，年青人更是首選，最近的祭品是周梓樂和陳彥霖。」

「周梓樂和陳彥霖的之死經過死因研究庭裁決。」

「二件案件發生在二零一九年九月和十一月，之後陪審團一致裁決陳彥霖的死因存疑，四比一裁決周梓樂的死因存疑。其中有一些重要疑點，周梓樂的致命傷勢在右邊腦袋和右盤骨嚴重受損，他逃走時要跨過三呎寬的欄位才能跳下二樓，應該是腦袋或者雙腳最先落地，斷斷不可能是右邊的盤骨粉碎，況且，那些專家搬出一些似是而非的理論凌亂不清，企圖混淆視聽，根本不能說服陪審團。」

「陳彥霖之死又有什麼疑點？」

「陳彥霖是游泳健將，卻赤裸淹死在九龍油塘水域，官媒稱她脫光了衣服，步行十分鐘到海邊自殺，但是卻沒有人看到她裸體步行；官方發放陳彥霖最後監察電視的錄影片子，當中女生根本與陳彥霖不一樣，有好事之徒用人面識別技術比對陳彥霖以前的照片，無論是五官和身型完全不相似；其後陳彥霖和她男朋友的家人全部人間蒸發，不知所蹤。其實還有許多疑點，如詆毀陳彥霖有精神病、屍體立即被火化，建制媒體不停發放假消息不是要人們相信，是要混淆視聽，轉移視線，令人們不辨真假，他們慣用技倆謊言及暴力統治人們。」

「那麼書上的歷史都是組織編寫的假象？」

「每個人都用自己的智慧判斷事情，但是根據被篡改的資料判斷，祇能得出虛假的結論。612，有一百萬人上街示威，過了一個禮拜後，再有二百萬人上街示威，組織撤回反送中條例，那不是讓步，是爭取時間策劃下一步暴行。」

「那就是721？」

「721，事情發生後組織的電視台收集了元朗街上店鋪的監察電視錄影帶，製作成紀錄片特輯，紀錄當天黃昏由六點到第二天早上在元朗發生的事情，事實下午有區議員已經拍攝到街上有白衣人群聚，報告給士卒局，但是沒有受理。傍晚六時開始白衣人已經三五成群，拿著棍棒、藤條在元朗地鐵站附近的街道聚集，晚上監察電視錄影帶也三番兩次拍攝到士卒局的車輛經過聚集的白衣人，但士卒沒有下車驅趕白衣人群，八點多白衣人越來越多，監察電視錄影帶反覆拍攝到士卒車輛多次經過，士卒仍然視若無睹，九點多白衣人聯群結黨跑上元朗地鐵站，跳過乘車入閘口，進入登車區及上到月台，見人就打，無差別襲擊乘客，乘客用雨傘抵擋，也有人拉出地鐵站的消防水喉射水反抗，有二個士卒到來，見到狀況沒有阻止或調查，不發一言，掉頭就走，二個士卒全程的反應在當時各個電視台及youtube播放。」

「真相令人吃驚。」

「市民打電話到士卒局也接不上線，到士卒局報案，士卒局索性拉下閘門拒之門外。民主派立法會議員林卓廷到來調停，那是立法會議員的基本職責，也被打得血流披面，最後，士卒局派人到場，辯說不是延誤三十九分鐘到來，而是由內部接到命令開始計算，是在承諾的十分鐘內到達現場，事情暫時緩和，但是士卒剛離開，白衣人即刻撬開站內的鐵閘門，再一次無差別攻擊乘客，狀況被多間媒體拍攝下來。後來媒體更拍攝到二名士卒頭子與二名白衣人勾肩搭背，言談甚歡，狀甚親熱，正是蛇鼠一窩、沆瀣一氣的狐朋狗黨，後來士卒局強詞奪理，辯稱喝令白衣人離去，更拍攝到建制派立法會議員何君堯跟一個白衣人首腦說：『恭喜，你們是我的英雄。』此紀錄片特輯在國際電視節得到獎項，那位到來調停的民主派立法會議員林卓廷卻被控暴動罪。」

「總算拍攝到真相。」

「可是紀錄片的製作人卻遭到士卒局控告，原因記者根據當日裝戴白衣人及棒棍、藤條車輛的車牌，到運輸署調查到車主及追訪他們，士卒局以交通附例控告製作人取得車主的資料，作虛假陳述，之後組織即刻訂立了保護私隱條例，嚴禁調查公司及私人背景的起底行為，干犯法例屬於刑事罪行。其後，記者柳俊江出版了一本書《元朗黑夜》，訪問當天相關人士，縷述經過，企圖還原真相，但是，不知道那一本書有沒有被組織禁制了，而且還有後續的事情。」

「那是什麼？」

「二年後二零二一年『立場新聞』與『香港大學』做了一個調查，他們篩選當時網絡貼文，追查有關721事件起因，發現了第一個貼文在七月十八日出現，上面寫著『得元朗，得天下』的口號，呼籲市民721到元朗示威，追查下去，查證那一個網址是由一個士卒的老婆網名叫『風中微塵』管理的，於是建制派的嘍囉瘋狂轉播，跟著有人在連登網絡澄清貼文不是他們發出和號召的，還嚴正指明『風中微塵』的貼文是假消息，叫人不要上當，他們由七月十八到七月二十一日不斷呼籲市民不要上當，七月二十一不要到元朗去，於是721當日並沒有市民到元朗示威，那天白衣人在元朗集結，到了晚上快要九點時，他們按捺不住，跑到樓上的地下鐵登車範圍，見人就打，這些片子紀錄都曾經上載到youtube。」

「那麼真相昭然若揭，是組織滲透、挑撥慫恿、煽動蠱惑人們到元朗示威，意圖一網打盡反對牠們的人。」

「二零二一年『立場新聞』被控告取締，罪名是援引一九三零年訂立藐視英國女皇的條例，組織捕捉了『立場新聞』的管理層，以干犯了組織安全宇宙大法入罪，白色恐怖迅速瀰漫，『眾新聞』隨即自我爆破滅亡，不用強力部門出手收拾。」

「莫須有、秋後算帳、栽贓嫁禍、官商鄉黑都是一丘之貉，根本就是朋比為奸，兵賊一家勾結啊。那麼831呢？」

「831，示威人士陸續散去，士卒的特種部隊『速龍小組』突然跑進太子地鐵站，晚上十時至十二時多將地鐵站嚴密封鎖，不許媒體進入拍攝，更不許醫療救護人員進入站內救援，祇有小量乘客用手機拍攝到『速龍小組』見人就打，無差別襲擊乘客，乘客祇能用隨身物品自衛，小孩女子嚎啕大哭，情況慘烈，事後地下鐵當局將車站清潔十分徹底，包括車站的頂部，更斷然拒絕交出當時在地鐵站內的監察電視錄影帶，於是坊間盛傳打死了人。」

「『速龍小組』是怎麼樣的公安？」

「是一群頭戴厚實頭盔，穿著黑衣制服、堅硬長靴和避彈背心，身上沒有配戴任何編號，手執金屬盾牌和警棍、配備精良通訊器，他們完全蓋著臉孔，根本不能辨認是何許人物，據在車廂被毒打的乘客稱說，有一些『速龍小組』的組員用濃厚的外省鄉音的中共國話恐嚇他們。」

「咦？」

「據說是組織的解放軍喬裝H市的士卒暴力血腥鎮壓人們。」

「那麼831沒有真相了？」

「真相祇有組織知道。不如我告訴你一個故事吧，是『倩女幽魂』第二集『人間道』的結局另外一個的電影版本。」

「洗耳恭聽。」

「話說午馬飾演的燕赤霞和張學友飾演的知秋一葉合力對付蜈蚣妖，未能克敵，於是施展元神出竅的功夫，二人的元神合而為一殺死蜈蚣妖，可是，知秋一葉功力不逮，元神未能歸位，回竅肉身，元神一路飛蕩到未來，來到一個黑漆漆的廣場，矗立的巨型紀念碑像一隻張開血盤大口的吃人怪獸，知秋一葉看見屍體橫陳，血跡斑斑，一直不解地問：『為什麼廣場死了這麼多人？』」

「啊，原來另有別情，歷史書沒有寫到啊，祇說組織正義之師掃平反動勢力，恢復社會秩序，老百姓眾口一辭稱讚幹部，感謝組織。」

「但是，那一個導演在二零一九年再次重新拍攝了《智取威虎山》，文革八大樣板劇之一；二零二二年拍攝了《長津湖》續集。」

「人心叵測，組織的老祖宗也經常說：『知識份子就是臭老九。』咦，大絲在裡面表現真我。」

「她最愛說她的生肖雖然不是屬狗，但是有狗一般的忠誠，將她比作狗狗，還真的侮辱了狗狗，她見風駛舵，趨炎附勢，崇拜權力，手段毒辣，甘心為虎作倀，是極權專制者的鷹犬幫凶。」

「嗯。」

「你知不知道有一個客觀的方法量度一個政府的專制獨裁程度？」

「是什麼方法？」

「量度官員和人民數量的比例，官員包括政府人員、軍隊、武警、公安和城管，分母越小，專制獨裁的程度越大，星州的分母比其他國家小許多，它是一個半專制的獨裁政府，組織的分母比星州更小呢。」

「當中的理論是怎樣？」

「管理組織的官員就是既得利益者，他們受到人民的供養，祇要既得利益者越多，擁護組織的力量就越大，他們擁抱眼前的利益，那是加入了組織機構的好處，他們就會盡力維持組織的生存，組織的存在就等於他們的存在，他們將受到人民的供養視為理所當然，成為一個騎在人民的特權階級，將什麼為人民服務的初心和崇高理想拋諸腦外，祇要替組織勞役、壓榨、剝削人民，動輒以愛組織的藉口脅逼人們，強迫人民就範，他們就會永享特權，他們打倒階級敵人，自己也進化成特種階級，成為人民的階級敵人。」

「那很可怕耶。」

「你要不要試試『幻覺離恨天』？」

程郢猶豫一下婉拒。這時大絲從『幻覺離恨天』出來，白夫人迎上去笑說：

「林夫人，您好，感覺如何？」

「一級棒啊，比跟心理顧問聊天還要好，離開前我還要再玩多幾次。」

「你歡喜就好，你任何時間進去玩樂，也無任歡迎。潘夫人，你要不要試一下。」小絲皺了眉，沒有答腔。

程郢二人來到沙灘，陽光普照，吃過午餐，剛要下水暢泳，收到了陸社長傳過來賓客的資料，是關於鬼祟男女，還附上一名女子的照片，阿森看到照片，立即怪叫：

「我早上在溫泉看到的屍體就是這個女子。」

二人立即撥滑手機閱讀資料：

『男的叫陳明達，富二代，是一家出入口食物公司的老闆，最愛拈花惹草搞外遇，女的叫張蘭，家庭主婦，二人沒有子女，張熟知陳的性格，可是她貪戀安逸生活，為求自保刻意奉迎老公，對他勾搭女子，隨便拋棄她們採取視若無睹的態度，經常為陳做鷹犬，打發第三者，有好幾次更幹出下流勾當，逼迫外遇小三打胎。

另一名女子叫李夢夢，是陳明達最近拋棄的霧水情人，陳開設了一個網站叫『要不要偷吃人夫』，李自投羅網跟他聯繫，二人一拍即合，打得火熱，但陳很快對她生厭，想要擺脫她，可是李聲稱懷孕，陳與張施計，由張蘭瞞騙她到大陸逼迫她打胎，李更加苦纏不休，屢勸不聽，威逼利誘也未能奏效，故此來到小島度假躲避她的脅迫。』

「真的好想傳簡訊給陸社長，告訴他李夢夢的情況。」程郢惆悵說，瞥見大絲和小絲路過，臉露鄙視的眼神，正眼看也不看他們。

「上次我們晚間在沙灘看月出時，春感司說過隘路的南北極磁場最弱，或者在那裡可以滑手機發出簡訊呢。」阿森突然大聲回答。

「先生，您好啊。剛才我聽到你說在那裡可以傳簡訊打電話？」小絲突然插話，客氣問。

「是在小島磁場最弱的地方，可能做得到，但是我們未試過，不知道時間，也不知道如何運作，你最好問那個機械人春感司，不過，你要問得技巧點啊。」阿森十分熱心解釋。

「我是大律師，我曉得怎樣套話，不用你教我。」小絲高傲回答。

小絲大模廝樣說完追著大絲，阿森看她走遠後高聲叫她。

「你想做什麼？」程郢喝住他。

「我想叫她不要在晚間滑手機打電話。」

「不用警告她，她信心滿滿說自有主意，況且，春感司會告訴她啦。我們嘗試能否發出簡訊給陸社長。」

二人來到隘路，程郢寫好手機短訊：『李夢夢已經在小島死了。』將它發送出去，竟然連線成功，但不一會線路突然中斷，未知簡訊是否傳送出去，程郢拿出環球定位無線電話，調校了小型碟子天線，啟動運作了一會，屏幕顯示連線失敗。

「一定是白夫人偵測到我們想突破封鎖，嘗試發出簡訊，將連線截斷，小島電波守衛嚴密，任由白夫人操持。我們先去調查女屍失蹤之謎吧。」

「女屍跟鬼祟男女有關，我們直接找他們問話吧。話又說回來，過了半天，為什麼還未見到鬼祟男女出來活動？」

「我們去他們的屋子偵查。」

二人在屋子後面走到一號屋，程郢連續按鈴，很久沒有人應門，便繞到屋旁左邊的小路窺看，一樓的窗子打開，窗子裝設了堅固的防盜窗櫺，裡面有點凌亂，桌子沒有發現餐具，看來他們不在屋裡吃早餐，再看望二樓，發覺窗子關閉，程郢從背包拿出無人機，安裝上拍攝鏡頭，將它飛上二樓外面探視，二人在控制器的屏幕看見二樓室內情形，鏡頭由床尾開始，它拍攝到一雙赤足，鬼祟男陳明達穿上睡褲，跟著看到他裸露的上半身，他闔上眼好像酣睡，但是沒有動靜，程郢放大他裸露的上半身，赫然看到他左邊胸口的位置顯現一個深褐色、大小如四份一張A4紙的心形屍斑，觸目驚心。

程郢叫阿森去通知白夫人，自己留在現場搜索證物，發覺窗邊附近電池板下面的泥土被人挖走，於是探手入去摸索，找到一小塊方形物件，不知是何物，便將它收起，再拍攝電池板和周遭環境。阿森與痴情司跑步到來，痴情司發覺大門鎖著，連忙退後幾步，開步助跑，起飛腿踢了幾次，才踢開大門，進門後程郢發覺地上有二片用過的黏貼膠紙，她連忙拍照收起，和阿森跑上二樓，打開陳明達的房間，發覺他沒有呼吸，死去多時，房間的空調是開著的，二人在房間到處搜證，沒有發現。

他們走去另一個房間，在走廊途中，發現了一些粉末，程郢將它撥起收藏做證物。他們發現張蘭也死了，死法跟陳明達一模一樣，左邊胸口烙印了一個心形屍斑，空調也是開著的。

程郢叫痴情司報告白夫人，讓她向公安報案處理。二人心情沉重，默然踱步回屋子去，經過『幻覺離恨天』，程郢心念一動，跑去拿取遙控器，阿森無所事事，坐在小亭子沉思等候。

程郢走進『幻覺離恨天』，啟動程式，周圍氤氳繚繞，她身處在一條隧道入口，盡頭見到白光，感覺身體輕盈飄飄飛進去，穿過隧道到達另一頭，看見一個小女孩跟一班小朋友同住一起生活，她文靜含蓄，守禮忍讓，轉眼看到一名少女跟同學切磋學業，少女不多話但合群，對事物見解獨到精闢，與同學相處融洽，之後是大學畢業到到社會工作，一名面目模糊的男子向她搭訕，她沒有太大興趣，男子鍥而不捨，終獲芳心，以身相許，二人多次結伴旅遊，過著幸福快樂的日子，但是好景不常，男子極其花心，用情不專，周旋在眾多情人之間，縱慾劈腿，二人經常為此爭吵不已，女子傷心痛哭，一次二人相約在老地方約會地點銀杏樹林見面……，忽然天旋地轉，她失去知覺。

程郢甦醒過來，發覺在自己的房間，心裡仍是迷濛問：

「我為什麼會躺在這裡？」

「控制室的鳴笛響起緊急警號，白夫人發覺你的腦電波反應十分激烈，到達危險程度，立刻煞停了『幻覺離恨天』，拯救你出來。究竟發生了什麼事情？」

「我覺得做了一場惡夢，看到一個性格跟我截然不同的女子，一個溫柔婉約，含蓄慎言，感性悲情，愛發愁的女生。」

「那個女生一點也不像你耶，你擁有多重人格嗎？那是你其中一個人格？還是你朋友的經歷？」

「我沒有看過心理醫生，不知道。但是夢裡的陌生女子碰到了怪事，她整個人壓住一個不認識的男人身上。」程郢毫不理會他，異常冷靜說。

阿森不動聲色說：「那很合乎你隨便釣男人的風格。」

第十一章

程郢對著幻彩落日美景發呆，夜幕低垂，月暗星稀，滿天積雲，程郢抖擻精神，輕輕走出房間，阿森的房間鎖上及熄了燈，她走到一樓在冰箱胡亂找些東西充飢，再躡手躡腳潛行到主樓，前面大門沒有上鎖，其實也沒有什麼好偷呢，那些油畫都是複製品，窗外有光線射進餐廳，映照後門那一排優雅的竹子，勁風吹動，竹影悍然搖擺，像群魔亂舞戳力攻占主樓，程郢正想要走上二樓，再到三樓，忽然聽到腳步聲，有人從三樓走下來，於是躲藏在一樓的樓梯下面，隱約聽到男女對話，但不太清晰。

「小心點，這些日子你越來越虛弱，讓我扶你。」

「謝謝你。」

「今晚的雲層厚重，未能看到海上生明月的景致。」

「是啊，真令人氣餒，那是我渴望之一。」

「可是有人歷盡幻境，還是執迷不悔，要你再三出手。」

「心病還須心藥醫，謀事在人，成事在天，大家已經盡了力。」

「幸好上天還是綣顧你。」

「那真是一個令人意外驚喜，難得鳥倦知還，縱使結局不完美，但最終知道心意，已經覺得好幸福了。」

「半生苦候，眼看將會付諸東流，最後沒有白費。」

「踏破鐵鞋無覓處，得來全不費功夫。好想打開窗看清楚晚上的狀況，吹一下晚風，感覺這小島獨特的韻味，讓身體確切享受這份真實。」

「我來幫你。」

跟著傳來窸窸窣窣的聲音，清風吹拂，過了一會。

「從這裡望過去，前面剛好有些燈光，烘托兩山和隘口的輪廓，隔著深邃的大海，隱約聽到潮水聲、風聲和雷聲合奏交響樂，遠方雲層的間隙不時閃出耀眼電光，渲染濃淡墨色，真是很奇妙的闇黑異狀。」

「良辰美景奈何天。」男子輕聲嘆息。

突然颼了一陣怪風，天空閃了一下電光，前面的燈光熄了三四秒，又再恢復亮著，突地天空接連爆發了幾下閃電，最後一次特別厲害，照亮了整個一樓。

「哎呀，我跌了東西，咦，找不到啊，不知掉到那裡去？」

「不用急，明天才找吧，開燈會破壞如此一星如月，風滿袖，美景看多時的境界。真的謝謝你。」

「嗯。你想到解決的方法沒有？」

「已經想好了。我們到碼頭那邊走走，聽著浪淘沙，吹吹海風。」

「這也是你心願之一，你要完成它。」

「你真了解我，我的小小心願。」

「我們是老朋友，外面露冷風寒，你穿夠衣物沒有？」

「謝謝，已經穿夠了，痴情司在充電前已經提醒我。」

「你永遠都是這樣客氣。」

男子語氣失落，女子良久默不作聲。

「我們走吧。」

程郢考慮要逃跑還是留下，想了幾秒，立即竄入最遠那一張餐桌下面藏身，餐桌枱布很大鋪到地面，恰恰能夠遮蔽程郢，她剛躲藏好，二人已經走下來，打開前門。

「原來大門沒有關好，回來要鎖上啊，還要加進機械人的日常生活程式裡。」

二人帶上門離去，程郢立即奔跑上二樓，窗子已經關上，外面一片黑暗，她開著手錶的小燈泡看到機械器材、運動用具等收拾整齊妥當，程郢踏出腳步，踏著一些東西，差點跣腳滑倒，幸好她勤練太極拳護身，站穩腳步，拾起它一看，原來是一個『井』字形的玩意，用竹子做的，竹釘子固定形狀，其中一角燒焦了，它們百密一疏，忘記收拾這個玩兒，程郢無心理會，將它放回原位，跑上三樓，奇怪沒有防衛阻撓。

程郢輕輕按一下房門，原來沒有鎖上，於是小心推門進去，裡面是一個偌大的房間，沒有窗子，左邊是一排控制按鈕櫃檯和幾把椅子，上面是一個巨大屏幕，分割了十幾個小屏幕，上面顯示各處的影像，如一樓前後門、銀杏樹林、獨棟屋、延伸到海裡的碼頭，還可以看見二人前後分開走路的長長影子，右邊是幾間實驗室，前面還有幾個房間，程郢迅速跑過去，打開第一間，看見全部機械人站立充電，痴情司、春感司、薄命司、暮哭司、報冤司、朝啼司和秋悲司，走到最後，嚇唬了她一大跳，竟然是一個人頭，再看清楚一點，原來是傻大姐的機械頭，腦袋後面凹陷了一處，模樣依舊憨厚傻笑，栩栩如生，白夫人曾經說過它需要修理，難道它整個軀體須要大修，不見了？程郢連忙拍下片子。

她推開第二個房間，在手術床上見到一具屍體，原來是李夢夢，她的額頭撞穿了一個傷口，程郢驗查它，沒有其他傷痕，阿森說他看見屍體時是俯身浸泡在溫泉裡，初步推斷李夢夢在夜間慌不擇路，失足跌倒向前衝，碰傷了額頭昏倒，跌入溫泉淹死，可是，還是有很多疑團啊，她趕忙拍攝屍體。

程郢忙著離開，又打開一個房間，是白夫人的主人房，裝潢簡樸，色調和諧，唯一裝飾是書桌上一個汝窯美人觚，有點眼熟，不知在那裡看過，溫潤典雅的天青色，瓶身狹長，弧線窈窕小蠻腰，顯現幽美崇高的氣質。

其他是客房、廁所和浴室，她打開最後一個房間，赫然見到一名男子躺在床上，趨前看，正是出發那一個晚上最後跑到來撤野的中年男子，翻譯口語者說他是阿東，它們將他收藏起來，在客人睡醒前運送到小島，程郢看著他好像沒有呼吸，用手抹他的鼻子，嚇了一跳，他也死了。

她搜索其他地方，在抽屜找到一個空藥瓶，上面貼著一張印有骷髏頭和二條交叉骨頭的貼紙，沒有藥物的成份說明，這分明是毒藥，程郢感到很混亂，是自殺？還是中毒他殺？是白夫人殺死他？這裡隱藏太多秘密了，小島已經死了六個人，是否都與白夫人有關？程郢當機立斷，拍攝證物及現場，慌忙離去，剛下到一樓，外面闇黑看不到竹影晃動，但仍聽到竹葉沙沙作響，突然前門傳來窸窣的腳步聲，她即刻跑到後門，緩緩打開門彎腰躡足離去。

程郢回到自己的房間，舒了一大口氣，立即放熱水注滿浴缸，到樓下搜括了一瓶白酒，日本清酒，又找到了鱔魚乾、漬物、起司、沙拉、罐頭鮑魚、洋芋片等零食小吃，用一個木架盤子架起在浴缸上面，一邊浸浴一邊思考六起兇案。剛才真的險象環生啊，三樓那一對談話的男女是誰？女子是白夫人，阿東已死，男子是誰呢？他的聲音有點熟悉，可恨聲音太小，聽得不太清楚，不能夠肯定。

小島這三日內死了六個人，各人死法怪異，釋惠心抱著石柱而死十分奇特，充滿意象性，而且實在想不出她如何被殺害；釋超健為什麼會跳崖？不像他殺呢？但他死前大叫一聲？最詭異是他吃早餐時喜形於色，不會是自覺罪孽深重，精神錯亂的異常反應吧？但是自殺在佛家也是一種業嘛？她停下來喝一口白酒，又喝一口清酒，把鱔魚乾、起司塞入口裡，重新思考。

鬼祟男女與李夢夢之間的情孽冤仇瓜葛糾結，李夢夢被騙失身遭拋棄，又被逼迫打胎，她有足夠動機要殺死他們，可是，李夢夢如何突破小島的防禦設備登上小島？難不成她翻山越嶺，繞過紅外線系統和機械人守衛，再游過波濤洶湧的水域到達小島，這對纖纖弱質的女生絕對是不可能的任務，況且，鬼祟男女死在密室裡，李夢夢如何進入一號屋？她在二人胸口烙印心形圖案是對他倆恨之入骨的發洩，但是怎樣殺死他們？殺害他們時沒有反抗嗎？二人是否真的被李夢夢所殺？還是白夫人殺害？李夢夢之死是他殺？自殺？還是意外？

阿東是神秘男，他是誰？白夫人、阿東和剛才那名男子三人是什麼關係？白夫人接待二人上小島有什麼目的呢？剛才白夫人與男子在二樓的說話有點牛頭不對馬嘴，暗示些什麼？還有，八名客人已經死了四人，加上李夢夢和神秘男共六人，那麼大絲和小絲會不會發生什麼意外呢？程郢喝最掉後一口白酒和清酒，吃光所有食物，迷迷糊糊洗過澡，醉醺醺步履不穩爬上床倒下熟睡。

第二天早上阿森起勁拍打程郢的臉孔，程郢被打得煩躁，雙手亂搖亂擺，雙腳亂踢，大聲怒道：

「停手，快點停手，你打得我很痛耶，幹嘛打我？」

「快點起床梳洗，發生了大事情。」
「什麼大事情？」
「大絲瘋癲了，小絲死了。」
「噢，夢境成真了。」
程郢給嚇唬住了，酒醉全醒，連忙梳洗，跟著阿森跑到案發現場，旁邊的日式庭園溫泉不斷翻騰，冒出濃厚的團團熱煙，到處迷霧瀰漫。
『幻覺離恨天』沒有運作，裡面的大絲好像被妖物附身，沉迷幻境怪象，大剌剌坐在一張太師椅，正襟危坐，擺出十分嚴肅氣派的架勢，臉龐蒼白，鴛鴦眉像刀劍舞動，雙眸看似罩著一層青氣，眼神淩厲望著前方，模仿組織最高領導的手勢，神情肅穆，嘴唇透紅似血，充滿威嚴說話：
「我是組織的領導幹部，組織警告外部勢力，組織的老百姓是不好惹的，組織已經通過立法，要是組織的發展利益受到威脅，組織會毫不猶豫出兵反抗，組織的軍隊必須永遠服從一尊的領導和指揮，組織的老百姓必須不怕艱辛為組織犧牲，老百姓必須永遠擁護組織執政，黨疼國愛，縱做鬼，也幸福，組織萬歲，幹部領導萬歲，我將會是組織挑選的人民代表，幹部領導，更會載入組織的史冊裡，名留青史。」大絲不停手舞足蹈，大言不慚。
「她那句『組織的老百姓是不好惹的』很流氓耶。」
「那是她組織的傳統，他們是土匪強盜出身發跡，已經成為他們的基因了。」

「她從來不覺得她自己和組織有錯，讓萬千人們生靈塗炭。」

「她的組織自詡永遠偉大，光榮，正確，要是她承認組織有錯，自己有錯，這是否定自己，她這一生就是白活了。」

「你知不知道她說『黨疼國愛，縱做鬼，也幸福』的出處？」

「不知道。」

「在二零零八年組織舉辦奧運，碰上四川汶川大地震天災，滿目瘡痍，死人無數，組織一個作家協會的副主席為了配合組織花費鉅款舉辦奧運，宣傳組織創造了盛世，寫了這首詞鼓勵受地震天災蹂躪的人們：『黨疼國愛，縱做鬼，也幸福，在墳前，看奧運，齊歡呼。』」

「組織的文痞連人們做了鬼也不肯放過。」

「有什麼出奇啊？老祖宗鄙視文痞狗的奴才相。還有，組織明令禁止用『天災』形容汶川大地震。」

「組織天不怕，地不怕，不信鬼神報應，膽大包天，為什麼禁止人們說天災？是害怕人民認為那是一場人禍嗎？」

「唉，真的受不了，不要再說啦。為什麼大絲會瘋癲了？」程郢突然洩氣。

「不知道，據稱昨天晚上大約九時大絲到來，啟動『幻覺離恨天』享用，其間突然停電三四秒，今天早上我出來跑步，發現大絲瘋癲了。」

「是誰告訴你？」
「是痴情司。」
程郢皺著眉頭，半晌問：
「那麼小絲的情況怎樣？」
「她死在隘路上，我們過去看。」
二人來到隘路，崖壁上黝黑發亮的石頭被陽光照射，閃閃生輝，小絲陳屍在隘路中央，身穿運動服裝及夾克，臉上有一道黑色像樹根的疤痕，由面龐延伸到脖子、身體到腳踝，旁邊散落了一支手機、一台環球定位電話、拉開的小型碟形天線。
「從她臉上怪異的疤痕推測，發生了意外，她被閃電劈中。初步推測昨天晚上她來到這裡滑手機和撥打環球定位電話時，天上正在閃電，閃電磁場被手機和電話產生的電子磁場吸引，將閃電引導到地上，當時小絲拎著它們，成為一個導電體，結果被電流襲擊致死，看來是意外啊。」阿森侃侃而談。
「那會是一場意外嗎？昨天她聽到我們的說話能夠打電話與外面聯繫，我們才告訴她去找春感司問情況。可是，為什麼她還會選擇夜間到這裡滑手機和打電話？她沒有問清楚春感司嗎？還是春感司根本沒有警告她？」程郢望著崖壁閃爍的岩石說。
程郢想了一下，連忙調撥小絲的手機和環球定位電話，找到二者撥打的電話號碼，拍攝下來。

「關鍵是春感司告訴她什麼？」

「春感司是機械人，不會體會人類細膩的情緒變化，它不會主動告訴小絲沒有詢問的資料。」

「我們去找春感司問話，順便告訴白夫人大絲瘋癲了，小絲死了，叫她報警。」

「可能她已經知道。」

「你不是第一個發現屍體嗎？她怎知道？」

「她的手下會告訴她。」

二人經過日式庭園溫泉，程郢看著沸騰的泉水，伸手一碰立即縮回，泉水熱了許多，再看出水口，發覺打開了一個活門，回到主屋餐廳，沒有看見任何機械人，連痴情司也不在。

「奇怪，吃早餐時痴情司還在呢。」

阿森自言自語，程郢斜睨他一眼說：

「我們去別處找。」

他們來到弧度沙灘也沒找到機械人，卻發覺沙灘溫泉冒出了多個噴煙口，程郢摸了摸沙子，十分熱燙啊，太陽傘、太陽椅子歪倒了也沒人扶正，他們回到左邊的山丘，來到隧道，洞壁裂開了一些縫隙，磚頭滿地，上到銀杏樹林，向海的山體出現崩塌，程郢心裡湧起一陣恐懼，神情嚴肅。

「發生了什麼事情？」阿森仍然毫無知覺，左顧右盼。

「阿森，快點回屋裡拿回重要的物件和我的背包，跟著到碼頭等我，準備好快艇，我去主屋看一下，快，快。」

二人分頭行事，程郢跑回主屋，奔上三樓，踢開房門，控制按鈕台和實驗室已經被摧毀爛掉，傢具東歪西倒，她跑去打開白夫人的房間，看到她和阿東躺在床上，走上前推了一下白夫人，沒有反應，摸她的氣息，沒有呼吸，白夫人也死了，怎麼啦？她是服毒殉情？還是畏罪自殺？

突然外面發生激烈爆炸，撼動整座主屋搖搖晃晃，窗外強烈的汽流波粉碎了窗子的玻璃，把程郢吹起飛彈，腦袋撞向牆壁，昏倒過去，一台五斗櫃跌落壓在她身上，過了不久，仍然山搖地動，像天雷勾動了地火，蒸氣噴發，火頭處處，熊熊大火，有人打開房門，推開五斗櫃，奮力拉她出去，把她抛起，扛在肩膀，急跑下樓，直奔碼頭，後面傳來連串爆炸聲，有人接手抱她上去唯一的快艇，點著馬達，快艇倏地向著沙灘飛馳，後面突然爆發連續多聲隆隆巨響，烈焰沖天，夾雜團團熱氣，整個小島緩慢沉落大海，程郢朦朧地看見陸社長駕駛快艇，阿森坐在前面，她挨著柔軟溫柔的痴情司，接著又昏睡過去。

第十二章

1.

程郢張開眼睛，發覺蓋著毛氈躺在沙發上，窗外熟悉的銀杏樹像餘燼，放眼周圍看了一回，很陌生啊，聽到阿森的聲音，那感覺既遙遠又疏離，看到阿森穿著短袖藍色汗衣，手臂光滑淺棕色，看著他的臉說：

「你敷過面膜，臉蛋滑溜無瑕。」

「神經病，你撞壞了腦袋，說話沒頭沒腦。」

「你好一點沒有？你已經睡了一整天了，幸好沒有發熱。」痴情司用手背撫摸她的額頭，探測溫度。

「我在那裡？」

「你怎麼變得痴迷呆板？認不出徵信社的辦公室嗎？」阿森罵她。

「發生了什麼事情？我祇記得叫你到碼頭等我，自己跑到主屋三樓，控制室被摧毀，發現白夫人和阿東的屍體，跟著發生猛烈爆炸，我被氣流波衝擊，整個人撞到牆壁上昏厥，不知道後續如何？」

「發生了火山大爆發，小島位於火山地帶，水底下有火山口，其實你已經察覺到危機，我還在糊裡糊塗，那些異常的徵兆如溫泉變得滾燙，沙灘冒出濃厚煙霧，太陽傘東倒西歪，隧道洞壁裂開縫隙，銀杏林的山體滑坡崩塌，你處變不驚叫我跑逃，但是為什麼你還要跑到主屋？」

「我想問清楚白夫人那幾起命案，謎團都指向她，她是解答命案的關係人物。」

「不過，她已經死了，所有謎團都封印了，無從破案。」阿森一鎚定音斷言。

「是誰救了我？」程郢裝出天真無邪的眼神。

「是陸社長。」

「陸社長是什麼時候到來？」

「是……，是……我跑到碼頭時，他剛到達。」阿森突然結巴。

「陸社長又不是先知，他怎樣知道我們有危險？」

「我……。」

「你忘記了嗎？你們前一天不是用手機傳送簡訊給我，說李夢夢死在小島，我認為事有蹊蹺，你們可能身陷險境，立刻趕過來增援。」陸社長從辦公室出來接口，阿森鬆弛下來。

「就算小島防微杜漸，竟然給我們找到破綻，傳出簡訊，真是有點出奇。陸社長，你的意思指白夫人是危險人物？而且你是怎樣找到小島的位置？」程郢悠哉問，阿森的神情又緊張起來。

「你身體的疼痛好點沒有？我煮了你最喜愛的柴魚豬骨花生粥和香煎蘿蔔糕，還有脆脆油條做午餐。」痴情司突然插入打岔，依舊從容不迫。

「這些都是我從兒時喜歡的食物，你怎麼會知道？」

「你是我們尊貴的客人，我們會調查你們的喜好。況且，你在點餐時也點過這些東西，陸社長和阿森都知道你的生活習慣。」

程郢努力想她是否點過這些食物？平時有否跟他倆提起過？

其他人不再理會她，各忙各的。餐後程郢告辭：

「謝謝各位，我還是回家吧，我有點懷念自己凌亂的狗窩。」

「為什麼突然這樣客氣？是否經歷生關死劫想通了，轉了性子？」阿森不禁笑著嘲諷她。

「彼此，彼此。」程郢又回復本性，抱拳作揖，又對著陸社長：

「小弟這次辱命而回，未能調查白夫人的近況和死因，真是慚愧。」

「我看你的心裡仍是迷迷糊糊，說話顛三倒四，這幾天我叫痴情司到你家裡幫忙吧，你好好休息一下。」陸社長避重就輕回答。

「謝了，有勞痴情司。陸社長，為什麼你衹救了痴情司，沒有救其他機械人？」

陸社長一時語塞，痴情司茫然不知，阿森裝作事不關已。

「我知道了，痴情司是白夫人心愛的機械人替身，值得陸社長捨身相救。」程郢裝瘋賣傻自問自答。

陸社長無力招架，程郢動作俐落揹起背包揚長而去，三人面面相覷，乾瞪著眼目送她豪放不羈的背影。

她在停車場找不到帥氣的電單車，才想起停在家裡，她搭乘地下鐵回家，這幾天經歷了許多事情，心裡明白，情緒仍然波動，可是市面依舊一切如常，照舊熙來攘往，好像就算小島發生了命案，死了九人也沒有什麼影響，就像千萬老百姓慘死在組織的統治下，也如白馬過隙，瞬息萬變，個人在慘烈的歷史裡祇是滄海一粟，星際裡一抹浮塵，隨時被銷毀，沒留半點痕跡，組織的老百姓被馴服得如此冷漠？生存的目的祇要自己活著，看著有人悲慘死了也無動於衷？

程郢回到亂七八糟的窩居，那是一間大約十五平方米的劏房，廁所連浴室、廚房、沒有間隔的房間，祇有一張床、書桌、一把椅子、小冰箱、一台亂放東西雜物的木架子，一個塑料衣櫃，裡面的衣物亂掛，書藉雜物堆在地上，房間已經沒有什麼走動的位置。

她洗過澡後立刻上網找尋小島火山爆發的消息，尋遍所有網站新聞，發覺該新聞排序在不起眼的小小版面，轉錄了『白夫人慈善基金會』發放的聲明，簡單報導白夫人名下的私人地方發生了小型火山爆發，沒有引起地震海嘯，稱災難有九人死亡，包括八名度假人士和白夫人，各人身份日後將會以比對ＤＮＡ核實。咦，為什麼沒有報導關於小島劫後的狀況？

2.

組織的幹部人事選拔部門也在瀏覽火山爆發的新聞，有下屬敬禮報告：

「領導，大絲和小絲也在那裡度假，證實不幸遇難身亡，留下空缺，請大人定奪。」

「這些外國人養大的雜種狗，不中不西，不是苗正根紅，不會真心擁護組織，狼子野心，其心必異，死於非命也不足惜。」

「組織如何對付雜種狗？」

「我們祇要拘禁牠們的親屬做人質，就能箝制牠們，好像上次脅逼小絲從外國回到京城吃餃子，回來後立刻馴順如貴婦狗；還有，我們會發掘牠們的私隱醜聞，要是牠們不就範，就公開醜聞，令牠們身敗名裂，生不如死，最後死路一條，求生是動物的本能，正如大律師十一哥本來是正氣凜然，還不是倏然變臉做搖尾乞憐的哈巴狗；那些不識時務、反抗到底的就會被拘捕、被自殺、利用組織安全宇宙大法定罪，關禁他們一世，永不超生。」

「活像黑社會。」

「你在說什麼？這是組織控制走狗的正確手法、不二法門，組織是老百姓擁護的組織，幹部是老百姓愛戴的幹部。」

「領導，那麼找那個代替牠們？」

「隨便在狗房找二條不顧廉恥、唯利是圖、不知死活的傻狗代替牠們。」

3.

天壇大佛建築在木魚山丘上，佛像低眉斂首，法相莊嚴，澤被十方，對面的寺院宏偉廣闊，金碧輝煌，裡面前任住持高僧釋慧智與和尚討論最近犯戒的傳聞。

「座元和尚釋超健和入室女弟子釋惠心把臂同遊夏威夷的事情散播得沸沸揚揚，還有他倆親昵撫摸的片子在網上熱傳，令我們疲於奔命，難以抵擋解釋，有女記者問首座他們的事情，你怎樣回答？」

「我對女記者說你跟觀音一樣標致，一樣莊嚴，我就當作觀音一樣膜拜，她立即紅著臉，不好意思再追問下去。」

「你就這樣胡說八道混淆視聽？還調侃了她，但是若有佛教徒問你此事，你又怎樣推搪？」

「你是佛門弟子嗎？是佛門弟子就不要做有損佛門名聲的事情。」

「你利用長輩身份把他們壓下去。要是還是有人不識相尋根究底，那怎麼辦？」

「我已經傻了，不能分別真假，色即是空，空即是色。」

「回答得很有禪機，就用這些方法應付他們。」
「不用了，最新網上消息報導，二人遇到火山之災而死，這場風波可以告一段落了。」
「阿彌陀佛，衹要什麼不管也不理，最終佛門清靜。」

4.

陳明達和張蘭的二個鄰居老頭在餐廳聊天。
「前幾天隔壁來了個失心瘋的女人大吵大鬧，陳太跟她互相對罵，說話不知有多難聽啊，陳生像隻縮頭烏龜躲在屋裡，現在二人去了度假，不知後來怎樣呢？」
「八卦，人家的事情不要理。」
「真不知道他們是什麼樣的夫妻？男的公然偷腥，始亂終棄，女的居然滿不在乎，還幫他抹屁股清理外遇，真的是禮義廉。」
「不要批評別人的道德，你自己也不是那麼道德。」
「我不過是以事論事，你不要站在道德高地，利用道德指責我。」
「我不跟你吵，總之各家自掃門前雪，不管他人瓦上霜。衹要能吃能喝能拉，有屋住有錢花，管他組織幹盡什麼喪盡天良的勾當，我也不理會，這是中國人明哲保身，安居立命的處世態度。」

「中共國令人啼笑皆非，這邊廂武漢肺炎的人禍引發死人無數，家家愁雲慘霧，另一邊廂人們祇要慘劇沒有發生在自己身上，仍舊人人醉生夢死，開懷享樂，任由組織對疫情毫無準備，無序開放，撒手不管，有錢也不買藥為老人治病，放任病毒肆虐，老人相繼遇害，組織視人命如韭菜人礦，祇有人們想不到，沒有組織做不出、做不到的事情。」

「老百姓還有人權呢。」

「組織的領導明確指出韭菜人礦祇有吃飯和存在的權利，餘生就是等候被收割榨汁消耗。你們都是時代的幫兇，無罪的罪人。」

「錯了，不是你們，是我們。」

「是啊，活在H市的人遲早淪落到同樣的命運。」

5.

第二天程郢睡得很晚，起床後吃了一個早午餐，她登入手機的網站，鍵入個人號碼和密碼，等了一會，顯示網頁，她選擇手機通訊記錄那一欄，查看這幾天短訊紀錄，仔細閱讀，是了，就是這個訊息。

她登出網站，上網聯繫駭客損友，聊過天後，供給了小絲、阿森的手機和環球定位電話號碼，要求他駭入二人的通訊網站，讀取這幾天的通話紀錄，不須要談話內容，但是要求詳細的對話號碼和通訊時間，損友給她報了個價錢，她同意了，登出連線，在網上付款給他。

她起身踱步，在有限的空間來回走動，到流理台泡了杯咖啡，拿著馬克杯繞圈子啜飲思考，在出發晚上最後跑來那一名落魄的中年男子，對著痴情司咆哮，痴情司電擊他令他打了個翻筋斗倒地，之後溫柔對待他，這樣的反應大有問題。陸長社找人翻譯的唇語是否有誤差呢？她連忙滑手機，找到那一個短訊：

『宗怡，你是不是忘記我了？我是你的愛人阿東，我是你最愛的阿東。』

她又從攝影機找到那一段片子再看了幾遍，但是屏幕太小了，她將它抄寫，貼上手提電腦，投影在半空放大觀看，跟著男子嘴唇念了好幾次，總覺得不對勁，拿著杯子站著凝思。

接著她上網找尋，找到最近一間聾啞學校的地址，她快速將攝錄機、手提電腦等物件放入背包，走到停車場，駕駛電單車，先到商店買東西，再駛向近郊，過了大約半小時，駛進一間聾啞小學，剛巧是小休，有二十多個小朋友看見帥氣的電單車都驚奇不已，跑過來圍觀，有些指手劃腳，互相用手語聯繫，有些摸著電單車豔羨讚歎，有些嘗試爬上去，程郢對著他們慢慢說：

「你們有誰想坐電單車就舉手。」

小朋友看著程郢的嘴角嗡動都一起歡呼舉手，程郢叫他們排隊輪候，每一次載著幾個小朋友繞著校園草地緩慢地轉圈子，直至每個小朋友都坐過電單車，遠處有一名中年修女笑看著他們，這時上課鈴聲響起，小朋友對程郅鞠躬道謝，揮手跟她道別跑回課室，程郅走向那名修女笑語寒暄。

「您好，我叫程郅。你教導的小朋友都很有禮貌，好可愛啊。」

「他們都是天使，謝謝你帶給他們歡樂。我是林修女，這間學校的校長，有什麼事情可以幫忙？」

「校長真是善解人意。我有幾句唇語不知道內容，未知校長能否解說？」

「請到校長室。」

二人坐下，幫傭送上香茗離去，程郅拿出手提電腦，秀出那段片子給林修女看，林修女看了幾遍後念出來，再用筆寫下，遞給程郅看。

『津宜，你是不是忘記我了？我是你的愛人阿……，我是你最愛的阿……。』

「為什麼是『津』，不是『宗』。」

「那是根據他上唇用力的程度判斷，『津』是輕聲，『宗』是重聲，他的上唇不太用力，所以是『津』，不是『宗』，任何學習過讀唇口語訓練的人，都能分辨出是『津』，不是『宗』。」

「『津宜』是什麼意思？」

「我不知道啊。我只是閱讀他嘴唇的動作，再配上一個合適的音節，可能是『樽宜』、『津怡』、『遵疑』，或者其他組合。」

「那麼阿……之後是什麼？」

「那有二個可能，一是英文的阿『John』，二是阿『當』。」

「會不會是阿『東』？」

「不會，絕對不會。」

「謝謝你。這是送給小朋友的。」程郢從背包拿一盒巧克力遞給林修女。

「你太客氣了，我代小朋友多謝你。」

程郢歸家經過炸雞店買了一份套餐和啤酒做晚餐。

回到家裡程郢忙著思考，本來想拆解唇語說話的謎團，反而愈纏愈亂呢，陸社長是否弄錯了？那天晚上她就寢時看見男子阿John對春感司愛憐撫臉，春感司的回饋是青青子衿，悠悠我心，但為君故，跟著男子被毒死了，那是否三角戀情仇？白夫人故意將春感司造得酷似男子以前死去的戀人『津宜』，她接待了阿John上小島的目的，是要點醒他『津宜』已死了，可是阿John仍然痴戀著『津宜』，白夫人妒嫉難受，決意下毒殺死阿John，搞不好『津宜』也是白夫人殺死的，前晚我偷聽到白夫人說等待半生終於等到了，她在等待時機報仇呢，還說得來全不費功夫。根據以上的證據推理，就是阿John自己送上門受死，接著白夫人殉情，故此看到白夫人和阿John一起躺在床上，白夫人在死前已經啟動了程式引爆火山，炸掉小島銷毀殺人證據。

可是，為何要殺害那七個人？外加我和阿森，白夫人提過印加王朝血祭的腥風血雨祭祀場面，莫非我們都是白夫人陪葬的活祭品，怎麼愈想下去，白夫人活像推理小說殺人兇手的角色？戲劇性十足、全面、完整又自私，曾經被男子拋棄的嚴重心靈創傷，背負引人入勝的背景，又有強烈的執念，邪氣不外露，反而風姿綽約，仙氣飄逸，是天使與魔鬼的混合體。但是，白夫人已死，何用捉兇手？可是，還有真相呢？況且，還有那天晚上跟白夫人聊天的男子啊，他也是解謎的關鍵，他是誰？在謀殺事件又是什麼角色呢？那裡去找那個男子？

哎呀，不要再想啦，再想下去會很容易走火入魔呢，程郢急忙拿起炸雞，狠狠咬一口，喝一口啤酒，讓肉身感受塵世的肉香和酒苦滋味，將自已拉回現實，咦，忘記買沙拉。

第十三章

第二天清晨程郢出發參加三項鐵人耐力賽，她到達郊外的場地，賽程依次序包括游泳、踏單車和跑步，她換過貼身的運動服，領了印了號碼的布條，請工作人員扣在背後，她不停扭動身體，舒展筋骨做暖身運動，一名長得明豔的女選手走到她前面，驚喜說：

「影雪，你是影雪啊？好久沒見。」

「你是誰？我認識你嗎？」程郢目不轉瞬看著這名女子，她長得漂亮，程郢緊握她的手，她的手白嫩細膩，柔若無骨。

「我是愛瑪，我是你在XX小學六年級同班同學，XX年同屆畢業。」

「我記起了，你是愛瑪。」程郢假裝認識她，親熱擁抱她一下，她長得實在好看。

「想不到在這裡遇到你，怎麼你也會參加三項鐵人耐力賽？好辛苦啊。」

「我最喜歡這類挑戰體能，挑戰自我的艱辛運動。」

愛瑪露出一個非常奇怪的表情。

「怎麼啦？」

「你以前最討厭運動，每每用那個到來做藉口，申請免役，你用得太頻密，嚇唬得老師叫你看校醫，是否身體出了問題？」

「是嗎？我以前是怎樣的？」

愛瑪咬著唇想東西的表情很可愛，程郢不禁走近些聞她的氣息，愛瑪故作想起挪移開一點說：

「你以前跟現在的你不一樣，你以前保守謹慎，不愛與人接觸交流，身體語言總是散發拒人千里的氛圍。我不跟你再說啦，我的朋友找我。」

愛瑪向一名男子頻頻揮手，邁步跑過去，那名男子也很俊朗呢，二人很快消失在人群裡。哎呀，忘記跟她互通聯繫方法，不要緊，她的參賽號碼是325號。

完成賽事，她沒有拿到獎牌，但也賽畢全程，她來到賽場大會的辦事處。

「你好，我拾到一個女生的錢包，裡面有字條說屬於女子組325號選手。」

「325號？這項運動十分吃苦，很少女生喜歡，這次參加比賽的女運動員只有百多名，沒有325號。」

怎會這樣？是意外的豔遇？比賽了一整天，疲憊不堪，黃昏回來時發覺家裡收拾整齊，痴情司買了新的微波爐和掛衣櫃，在書桌上留了一張便條，壓在聾啞小學林修女寫的那一張上面，說冰箱有馬鈴薯青蘋果沙拉和起司肉醬意大利麵，唔，全是我喜歡的食物，署名是白夫人的機械人。

程郢將書桌的雜物撥進抽屜裡，把意大利麵放入微波爐，先吃沙拉。

晚餐後程郢不禁心癢癢，想著那七起命案，立刻清空床子，將背包的證物全倒出來，第一案是釋惠心抱石柱死亡具象徵性，祇有在隧道內找到幾條蓬鬆長髮假髮，在外面找到的膠環，那膠環算不上是證物呢？可能是別人遺留的物件，此案的關鍵是釋惠心死亡的方式；第二案是釋超健跳崖而死，她看著他快跑上山頂，旁邊沒有別人，他縱身半空跳下去，是義無反顧的決絕，但是為何跳崖時大叫一聲？基本上沒有證物，只有右邊山頂的電池粉末，還是我挫下來呢；第三案是李夢夢俯身在溫泉淹死，證物在池邊找到一段拗彎成螺旋形的堅硬小銅條，上面纏繞著堅韌的繩子；第四、五案是陳明達和張蘭死在密室裡，客廳找到二片用過的黏貼膠紙，二樓走廊找到一些白色粉末，房間空調開著，一號屋外面的鈷電池下面找到一方鐵塊，二個死者在左邊胸口烙印了心形圖案，怎樣做成心形圖案？如何殺死他們？；第六案是大絲瘋癲了，這究竟算不算是一起案件呢？她在晚上九時之後到『幻覺離恨天』享樂，其間曾經停電三四秒，不知道什麼原因？在二樓看到一件『井』字形的玩意，其他器材和玩具都齊全，完整無缺；第七案是小絲遭到意外電擊而死，沒有證物呢，除了崖壁上的黝黑發亮石頭，還有，為什麼小絲會在夜間到那裡打電話？

程郢整理好證物，預備明天去找石老爺子，她猶豫了一下，他臭脾氣呢，說我是不速之客，還是先傳簡訊給他，石老爺子回覆叫她下午才去找他。

她準時到達，先奉上伴手禮拿破崙蛋糕，石老爺子從眼鏡斜眼看她，不客氣說：

「你找我有什麼事情？」

「你不是想知道小島的防禦系統嗎？」

「不用了，我問過阿森，他已經告訴我。」

「小島發生了七起詭異的命案，你不想知道嗎？阿森有沒有告訴你詳細情形？」

「說來聽聽。」石老爺態度軟化。

程郢繪聲繪影、鉅細靡遺講述七起命案的始末，石老爺子專心聆聽，不時提出問題跟程郢具體討論。

「第一案釋惠心抱住石柱死亡的姿勢，跟《佛說觀佛三昧海經》所描述有關。」

「有什麼關係？請石老爺子指點迷津。」程郢的態度必恭必敬。

「你是查案人，自己上網查資料吧，你們這些後生不是經常誇口說谷歌和人工智能聊天機械人是現代學問大神嗎？無時無刻就查到任何冷知識？還說以後不用辛苦念書。」

「是，是，石老爺子大人，多謝賜教。」

「第二案釋超健跳崖而死，最矛盾的地方是他跳崖之前大叫一聲，要說是自殺，要死便死，何必還要放聲公告天下，他這樣大叫一聲好像是突然發生狀況，驚呼求救，而且你說他跳上半空，那究竟有多高？他為何尋死？」

「但是我們看著他自己跳下去，確實沒有人推他下去，會不會他臨時變卦，反悔不想尋死？」

「又沒有第三者逼迫他去跳崖，他當然想清楚才去做。」
「你也認為是他殺。」
「你已經一早認定是他殺啦。」
「你是角落中的老人。」
「不要灌我迷湯，我討厭拍馬屁。有沒有證物給我化驗？」
程郢馬上交出右邊山頂地上挫下的板子粉末，石爺子馬上說：
「樣品太少，可能檢測不到是什麼東西。」
「第三案是李夢夢溺斃在溫泉，那一小段銅條纏著繩子的證物跟命案現場環境毫不搭調。」
程郢將小銅條給他。
「客廳那二片用過的黏貼膠紙和這一方鐵塊是否與案件有關？它們是第四、五案的證物，而且李夢夢的屍體不翼而飛，之後被發現在主屋三樓。」程郢拿出鐵塊和膠紙一起推論。
「這是一塊磁鐵，但我想不到黏貼膠紙有什麼用途？」老爺子用它黏起鐵釘給程郢看。
「我也留給你化驗，還有在二樓走廊找到的白色粉末。」
「也交給我化驗。」程郢奉上粉末。
「他們死在密室裡。但是進入獨棟屋要用特殊方法，客人將右手放入感應器，它會掃瞄手掌指紋、面容識別及眼睛瞳孔的顏色及紋理，那些都是客人獨有的身體特徵，故此客人才是鑰匙，其他人根本無法進入，除非客人讓兇手進屋，但是死者為了躲避李夢夢才到小島度假，不會開門給李夢夢進屋。」

「我年紀大，腦筋遲鈍了，你想通它吧，將它拆解。」

「第六案大絲瘋癲了？」

「我對那個『幻覺離恨天』設備的構造和運作毫不認識，未能置評。但要是突然停電，又快速恢復，強大的電流肯定會沖擊腦袋，對腦袋傳送訊息的電子線路會做成極大干擾、破壞和傷害，腦袋不能回復正常運作，更甚者可能令人永遠癲狂。但是，如何做成干擾三四秒，瞬間恢復運作？」

「那地方經常行雷閃電，當時曾經發生一次強勁的霹靂，痴情司提過要是有飛鳥意外闖進，也會打斷『幻覺離恨天』的運作，但是小島已設置了驚嚇系統趕走鳥兒，而且大絲在夜間使用『幻覺離恨天』，也沒有找到雀鳥屍體，飛鳥闖入的可能已經刪除。」

石老爺子想了一會說：

「那麼我想不通了。第七案是小絲被閃電襲擊，看似是意外，但是為什麼剛巧會死在隘路中央？不是別的地方，有沒有證物？」

「據春感司說那裡的磁場最弱，最容易接通電話。除了拍攝了小絲的手機和環球定位電話外，只取得崖壁的幾塊石頭，不知道有沒有用，而且也沒有錄取到春感司的證詞。」

「你將石頭也交給我化驗。」

「還有出發那個晚上我們在旅遊車睡覺，我在車上的空調刮下一些黏稠物料，不知道是什麼東西？也給你化驗吧。」

「那麼交給我。」

「其實有些案件很詭奇。」程郢故弄玄虛。

「有什麼詭奇？」石老爺子果然中計。

「除第三、四、五案件找到兇嫌李夢夢外，其他案件看似是意外死亡，其實更像他殺，卻找不到兇嫌，兇手是白夫人？機械人？還是另有其人？」

石老爺子凝神沉思。

「化驗何時會有結果？」程郢輕聲打岔。

「你當我是你的下屬？」石爺子瞪眼看她。

「我只是心急想知道結果。」

「過二三天吧，有消息我傳簡訊給你。」

「要不要吃些拿破崙蛋糕、喝口咖啡再談？」

程郢也不理會石爺子的反應，動手張羅，石爺子也到廚房泡咖啡，程郢趕忙將一個偷聽器黏在他的工作台下面。石爺子津津有味品嚐蛋糕，程郢隨意問：

「怎麼不見你的孫子來探望你？」

「我那裡來的孫子？」

「上次我在雜物堆找到那一張古早照片，你摟著一個小孩與陸社長合照，我問你是否你的小孫子呢。」她跑去前面那堆積如山的垃圾場找出那張照片，背著石老爺子手急眼快用手錶拍攝，轉身秀給他看。

「他是小陸的弟弟。」

「你們摟得好親熱啊，他叫什麼名字？」

「你這麼想知道，自己去問小陸啦。好了，我要工作，你走吧。」

石爺倏地下逐客令，程郢也不好駁嘴，聽從他的話離去，她駕駛著隆隆聲響的電單車離開不久，突然收到陸社長的短訊說：「徵信社現在沒有案子，給你和阿森放假，有需要再聯絡你們。」程郢傳他短訊：「你不是想解雇我吧？」陸長社回覆：「你想多了。」

程郢想我剛從石爺子家裡離開，就收到陸社長的簡訊，而且石爺子說過陸社長說從沒有帶過陌生人到訪他家，除了程郢，但是石爺子怎會知道阿森？更主動聯絡阿森詢問小島的防禦系統？石爺子在說謊，他認識阿森，小島事件是陸社長告訴他的，二人緊密聯繫，他們是什麼關係？二人背著我互通消息，一定有事情隱瞞。

這二天程郢在徵信社樓下監視，看見阿森仍然上班，痴情司每天悠閒地上街買菜，陸社長營營役役出外辦事，他到過銀行、律師行，公證行，最奇怪他和痴情司一起到過『白夫人慈善基金會』的辦公室，為什麼？這樣推理下去，結論是白夫人與陸社長關係非淺，當初說上去小島調查白夫人的近況是藉口，後來改稱金主要調查小島的防衛系統也是幌子，根本就沒有什麼金主，是他倆裝神弄鬼，那麼最終的目的什麼？不會是聯手殺人吧？可是，為什麼要幹掉那幾個人渣？想到這裡，自己也嚇一跳，人渣，是，他們都是人渣，為什麼會用上大媽、五毛和熱狗式的謾罵？太不像文采風流的故我。

程郢到租車公司租了一輛不顯眼的小汽車，購備乾糧酒水睡袋，方便長時間監視陸社長，第二天早上程郢已經埋伏在徵信社附近，過了不久，果然看見陸社長和痴情司一前一後出門，開車離去，程郢立即跟著他們，車子駛離市區，轉到一條懸空建築在山腰的高速公路，根據路牌的方向推斷，他們去找石老爺子，程郢立即駛落最近的出口，避免他們懷疑，她選了另一條道路來到離開石老爺子家裡不遠的樹林，開著接收偷聽器，時間剛剛好。

「有沒有被人跟蹤？」

「沒有，本來以為有一輛小汽車從市區跟著我們上高速公路，不過，它中途離開了。」

「你在電話裡說痴情司發生了問題，是什麼問題？」

「痴情司的記憶開始流失。」

「痴情司是特別製造用來儲存資料的，但是意識上載的技術仍然不成熟，記憶載體的儲存功能也差強人意，白夫人做到這個地步已經是超人一等。」

「有什麼補救的辦法？」

「我祇能做些修修補補的工作，延緩它的記憶流失。可惜礙於記憶載體的容量所限，上次祇選擇了一部份意識上載，要不然有白夫人的技術幫忙，情況會好多。」

「那是一個抉擇。修補後能夠延緩有多久？」

「至多半個至一個月。」

「還有許多意願未達成啊，如法律程序、公證手續、銀行轉款等等。」

「那也是無可奈何。」

「那麼動手吧。」

跟著聽到搬運的聲音，機械聲，工具鏗鏘聲，過了很久也沒有對話聲，程郢想這也差不多了，為了避免被發現，她開車走了，一直駛往騰飛山，找了一處隱蔽處停泊車子，山麓外圍是人煙稠密的市區，和山上雜樹亂生的大自然祇是一線之隔，斜陽晚照，夜悄然降臨，半島的燈光依然璀璨耀眼，天邊厚雲蔽月，不見小星，據說以前那一條飛機場跑道兩旁亮晶晶，像一條生猛活龍潛行入海，頭頂不停有閃光的飛機盤旋起落，是鳳凰無寶不落的奇景，人們炒股炒樓，利用錢搵錢，夜夜醉酒笙歌，盡情享樂，那管政情世間變化，那一個是遙遠美好的時代，沒有民主，但是享受高度的自由，前人回首，俱往矣，原來那些資本主義社會的落日瑰麗餘輝，是言論及公民自由被禁制、剝奪、消逝前的迴光反照。可是，程郢卻不能想像那會是什麼燦爛光景，衹能在舊時光影音錄，管中窺豹一斑，那個被強拆的尖沙嘴碼頭鐘樓當做垃圾，組織努力抹掉本地的歷史和人們的記憶，吾生晚，沒能趕及本地最後百花齊放、世界第一的自由。

她在山上啃乾糧、飲濁酒、聽蟲鳴、賞美景、抱睡袋過了一晚。

天陰霾，看不到太陽東升的景色，她驅車返家，發現書桌壓著一張紙條，寫著「晚餐在冰箱，好懷念小島的日出和玉兔東升的奇景。」署名仍是白夫人的機械人。

她從冰箱取出揚州炒飯，放進微波爐熱一下當早餐，餐後她思考曾經拍攝過許多小島的片段，尤其是……，她立刻將第一天在小山丘拍攝的日出，和當晚在沙灘拍攝的月出分別看一遍，好像有點不同，於是將二段片子放在一起，再將日出放大至月出的大小，發覺二者真的不同，日出是正中央，月出有點偏左。

她想了一下，再看另一段片子，是石爺子和陸社長兄弟三人合照，她下載了一個程式，這個程式可以根據面部骨骼的形狀和位置，將小孩的臉孔漸次生長進化到成年人的臉孔，也可以將老年人的臉孔退還成年青的模樣，她先將小孩的臉孔進化成二十五歲，那是一張英俊的臉龐，桃花眼，挺直的鼻樑，帶笑的嘴角，好眼熟，在那裡看過，可是想了許久還是想不到，之後將石爺子和陸社長的臉孔也變化成二十五歲，將三人並排放在一起，相貌有點像樣，再將三人重疊，發覺臉胚子差不多形狀，鼻子挺直，嘴形相近，他們一定有親屬關係。

其他片段包括小島的隧道不長但筆直，牆壁是圓筒狀，微微斜上，對著石柱；在一號屋窗子外面，找到磁鐵和上面的鈷電池板鑽穿了一個小孔；小絲陳屍在隘路中央，旁邊是她的手機和環球定位電話；那一片令人憂鬱的金黃銀杏林；日式庭園溫泉、『幻覺離恨天』、沙灘溫泉的外觀和小島的景色。

程郢在房間踱步，空間大了，可以繞大圈子，忽然手機播放音樂，是收到簡訊的提示，石爺子傳過來關於化驗證物的結果：

「在旅遊車空調刮下之黏稠物料含有麻醉化學品成份，它混和在吹出的空氣裡，凝結在空調的出口處，有催眠作用。

第二案在右邊山頂的板子粉末份量不足，未能化驗出是什麼金屬，要多些樣品化驗才能作出結論。

第四、五案在一號屋二樓走廊找到的白色粉末是氧化鈣（CaO），俗稱生石灰。

第七案崖壁那幾顆石頭含有鐵礦和石英閃岩石，帶有強烈伽瑪射線的高磁場。」

程郢重看小島的片段，發覺更多疑點，她先將片段傳給石爺子分析，將事件從頭到到尾謹慎思考一次。

個別殺人地點很奇怪，一些證物不知是什麼東西，要再到實地深入觀察採辦，決定第二天再到小島偵查。她考慮後沒有通知其他人，根據前次的經驗前往小島需要六、七個小時，火山爆發

第十四章

第二天程郢大清早起程，將手錶紀錄那一晚車程的全球衛星定位抄寫，存放在小汽車的電腦系統裡，屏幕顯示行駛指示圖，她再次檢查車子、裝備，點著引擎，穩定握著方向盤，跟著全球衛星定位導向的路徑往前走，車子離開市區，駛過跨海大橋，穿越小鎮，沿著海邊駛去，遠處海上風光明媚，但指示突然右拐轉到山上去，愈行愈高進入深山裡，樹林遮天蔽日，可是，沒有錯誤啊，是一直跟隨當晚的全球衛星定位路線行駛，車子駛了大約四十五分鐘，再左轉分叉路進入一條小路，穿過濃密的竹林，不久遇到一道堅固的鐵閘門擋路，二邊是挑高的鐵絲網包圍到山腳，上面有一個牌子寫著『私人地方，閒人免進，亂闖者送官究治。』右下方寫著『白夫人慈善基金會』示。

程郢落車到閘口張望，看見旁邊有一個看更亭子，裡面沒有保全，再看望四周，根本沒看到半個人影，於是大膽推一下沉重的鐵閘門，發覺竟然沒有上鎖，於是打開它，駕駛小汽車通過，下車將鐵閘門裡面的栓子扣上，上車駕駛了一會，到達了隧道口，她下車看了一回便駕車駛進去，全球衛星定位沒有移動半分，她記得在這裡開始打瞌睡，隧道異常漆黑，她要開著車子的低燈照路，幸好不到幾分鐘就穿過了隧道，二旁是翠綠的丘陵地和清澈小溪，一路前進，她奇怪為什麼沒看到懸崖？她記得當晚午夜夢迴，曾經起身向窗外張望，旅遊車在懸崖旁邊駛過，過了大約十分鐘，車子爬高，再穿過二個大山的隘口向下駛，更令她驚奇的是不到五分鐘，她竟然來到了第二天早上觀看日出的地方，那個被四周高山環繞，中間突起小山丘的平地，前方的海灣祇看見兩個小點。

她停泊車子，看了車上的行車時間紀錄，是一小時二十分鐘，但是當晚的行車時間約是六個小時，那麼多出的四個多的小時去了那裡？而且在睡夢中感覺車子不停運行，不停拐彎，發生了什麼事情？她踱著步重新思考，進入隧道後就立刻入睡，剛才全球衛星定位進入隧道後就沒有移動半分，午夜醒來看見懸崖，卻根本沒有懸崖，這些狀況都是刻意設計的結果，機關一定在隧道裡。

程郢立刻跑上車掉頭駛回隧道，她將車子停放在隧道口，開著車子的高燈照向著裡面，拿著手電筒下車，她一路慢走，一路照射地上檢查，一直走到隧道中間發現有一組奇怪的設備，但是看得不大清楚，於是擱下開著的手電筒做目標，跑回去開車子到隧道中間，開著車子的低燈照著那個設備，那是一個鑲嵌在地上的立體半月形狀模子，用精鋼製造，非常堅硬，上面還遺留輪胎的痕跡，下面安裝了幾個油壓幫浦，還有電纜和鋼管子連接運作，她再往前面探索，發現也有一個，隨後發現四個角落都有，恰好讓旅遊車的輪胎滑進去半月形模子裡，啟動油壓幫浦後，半月形的模子會運轉，也會稍微向左右擺動，令乘客感覺車子在行走拐彎，她轉而開著車子的高燈，照向隧道中央的上面，發現裝置了四部投影器，能夠投射在二邊洞壁的屏幕，必定是播放行車時的風景片子。

程郢踱步思考，一切都是精心計算，是要打做一個迷局，將出發時間設定在晚間，令客人沒有機會看到外面的風景，進入隧道前在空調加入麻醉化學品，使客人即刻安眠入睡，裝設了那組隧道行車機關，模仿旅遊車行車時真實狀況，客人便會以為車子不斷行駛了四個多小時，目的之一是瞞騙客人到達了遠離人煙、鳥不生蛋的荒野，客人不能聯繫外界，不能呼叫求援，任人魚肉，目的之二是為了小島上的殺人設備，小島的步道電池板和太陽能電池板祇能製造小量電能，故此殺人小島必需接近市區，要取得足夠的電力使複雜的機關設備運作，替機械人充電等，萬事俱備，接著就是進行殺戮，這是一場有預謀的連環殺局。

程郢駕駛車子到下面的閘口，閘口仍然完整無缺，這祇是一場小型火山爆發，沒有地震，她大模廝樣推開閘口鐵門，將車子駛進停車場，紅外線防禦系統已經消失了，海裡的小島也祇牐下二邊破損小山丘的頂端，左邊那一片銀杏林仍然茂盛亮眼，如盤景般被海水包圍，海風帶著涼意，她找出橡皮艇將它充氣，換上潛水衣，抱著橡皮艇到海邊，放上氧氣筒，乾糧清水，安裝小型馬達，向著右邊小山丘駛去。

橡皮艇不及快艇，幸好沒有太大的浪潮，但也要二十多鐘才抵達，她想將橡皮艇綁在石頭上，但是找不到合適石頭，祇好將橡皮艇拉上小路放置，二旁仍長著茂盛的蘆葦，有些還生長在水裡，她來到看著釋超健跳崖的地方，當時他大叫一聲，人在半空，還看到他的腳踝啊，接著他毫不猶豫跳下去，她來到山頂，那一大片的金屬板子已經炸得碎裂，被海水沖刷，所餘無幾，她拾起幾片小塊放進塑料袋，走幾步跨過矮腳圍欄，再走二步到崖邊，看見離水面約一米多高，也沒有什麼線索便回頭去找釋惠心抱住那一條石柱，可是崖壁沉沒在水裡，程郢揹上氧氣筒，扶著崖壁潛水下去，但是仍找不到那根石柱，它被火山震動掉落了，卻發現剝落的黝黑發亮石頭後面不是泥土或石頭，是一些凹凸不平的牆壁，於是她鑿了一塊回去做化驗，跟著她潛水去到隘路，它變得寬闊，再向主屋那邊潛水過去，『幻覺離恨天』已經消失得無影無蹤，日式庭園溫泉也被摧毀，程郢在周圍游了幾圈，感受不到溫泉熱湯，五座獨棟屋變成了頹垣敗瓦，被海水沖走了不少，沒見到太多魚兒，都是一些顏色不起眼的小魚，她升回上水面，上到小島休息，吃些巧克力和飲清水補充體力和水份，日到中天，氣溫上升，遠眺山海之間的天空有許多大鳥滑翔，為什麼海上會有熱氣流？

程郢小睡片刻，休息夠了，感覺恢復體力，便開著橡皮艇到左邊的小山丘，她同樣拉著橡皮艇到小路上，潛水到一號屋去找那一塊上面鑽了小孔的鈷電池，可惜找不到了，便潛水到隧道去，隧道已經扭曲變形，掉落的磚頭堵塞了另一面的出口，露出了後面平滑的表面，程郢游過去摸了一下，觸手冰冷，是金屬牆壁，這是一條特殊打做的隧道，目的是什麼？她升回水面上岸，解下氧氣筒，拾了路上一片鈷電池回去化驗，走去銀杏林。

枯黃渲染了蕭殺的氛圍，銀杏樹下那一張長椅仍在，她坐在長椅環視銀杏林，再望向懸崖那邊，氤氣瀰漫，朦朧中自己飄進一條發光的隧道，影像變得清晰，好像在放映一齣影片，銀杏樹林一對男女偎倚擁抱，喁喁細語，情景十分旖旎浪漫，另一刻又看見男女在爭執吵架，女子臉紅耳熱，氣瘋走了，男子卻沒有追上去，祇是吊兒郎當挨著銀杏樹抽煙，男女子面目模糊，程郢努力想看清楚也不能，下一刻男女子言歸於好，在那裡懸崖熱吻，突然……。程郢不由自主站起來，走到懸崖邊要看清楚，海水變得清澈見底，下面二個人影仍相擁纏綿，她很想看清楚，便毫不猶豫跳進水裡，水變得混濁了，祇看見他倆糾纏一直沉落海底，她想潛下去看清楚，突然有人大聲叫喊：「影雪。」她倏然清醒了，連忙潛游升上水面，爬回銀杏林，氣喘如牛，心臟砰砰地大力跳動，差點給淹死了。

剛才誰在叫影雪？她環顧四周，沒有人啊，這是一個海中的小孤島，我在這小島三番兩次都惹來夢魘，哎呀，還是快點離開這鬼地方，她急忙駕著橡皮艇返回對岸，將所有物件塞進小汽車，手忙腳亂點著車子絕塵而去，她駕著車子來到群山中的小山丘，停下扭頭再看小島一眼，突然左邊銀杏樹林發生強烈的爆炸，接著右邊山丘也冒火燒著，二個小丘山頂火光熊熊，須臾小山丘緩緩分崩離析，沉沒在海裡，只餘下幾處冒煙，所有證據都毀滅了，殺人案發現場完全解體了。

她回到市區已經是華燈初上，聯絡了駭客損友將剛才收集的證物交給他化驗，他未定收費，祇說做完後再計算。她返回家裡看見書桌上那一尊汝窯美人觚鎮住一張紙條，上面寫著：「陸社長說你好多了，叫我不用再來，晚餐在冰箱，那個瓷器玩偶是白夫人送給你。」署名痴情司。她打開冰箱，二樣菜式是西檸煎軟雞和梅菜蒸肉餅，她馬上放進微波爐。再拿出冰凍啤酒，打開喝了一大口，佐以佳餚。

飯後程郢又再沉迷八起命案裡，白夫人大費周張打造了小島各式各樣的殺人場地，目的昭然若揭，可是誰是兇手？阿John未能確定是否被毒殺？因為沒有驗屍，兇手是否白夫人？釋惠心、大絲和小絲的死亡時間肯定是在晚上九時之後，當時白夫人留在主屋，她身染頑疾，弱不禁風，不可能動手殺人，所有機械人正在充電，也不可能出外殺人；釋超健自己跳崖，當時薄命司離他十步之遙，不可能推他下去；陳明達和張蘭之死，最大疑凶是李夢夢，但是她怎樣登上小島，破解密室入屋殺人？李夢夢之死是否他殺，還是意外？屍體不翼而飛？

殺人動機是什麼？那麼我程郢又算老幾呢？是否也是被殺害目標之一？火山爆發時我在白夫人的房間差點喪死，但我是主動跑到她的房間，當時白夫人已經死去，莫非她生前已經定下計策，預料我會跑去偵查她，設定那時候引爆火山？目的為了殺死我？我與她非親非故，為什麼她要送那尊貴重的汝窯美人觚骨董給我？那個骨董有什麼弦外之音？狀況很矛盾啊。

阿森和陸社長又扮演什麼角色？阿森起初好像對發生命案很吃驚，後來變得既來之，則安之的態度，尤其是對小絲那一單命案，他在慫恿小絲打電話呢；陸社長又怎樣知道我們有危險？剛巧到來拯救了我，他跟白夫人是什麼關係？那麼那個在二樓的男子跟白夫人聊天極可能是陸社長。

至於在三項鐵人耐力賽當天，那名叫愛瑪的漂亮女子稱呼我做影雪，跟第二次在小島的銀杏林聽到是一樣。她還說我倆在XX小學是同班同學，而且同屆畢業，那怎麼可能？我自己在那一間小學念書怎會不清楚，我是在YY小學畢業，但是程郢也很好奇想知道影雪是誰？真的有那麼相似嗎？

她連忙登入XX小學的網站，選了XX年的畢業名單，她快速瀏覽名單上的名字，找到了，姓名是單影雪，她再鍵入名字搜尋，屏幕很快秀出一張古早照片及老師的評語，相中人很青澀水秀，表情有點愁眉不展，鬱鬱寡歡，但是跟程郢長得十分相似，可是卻找不到愛瑪這個人，她又上了YY小學的網站，學校簡介寫著「YY小學是附屬YY男校中學，中小學部祇招收男生入讀，小學畢業生也會直接升讀中學部初中一年級……。」什麼？YY小學是男校，我不可能是變性人，怎麼可能在那裡畢業，事情發展十分怪裡怪氣，程郢心裡忐忑不安，便把單影雪的照片列印，打算明天到XX小學打聽了解。

但是，愛瑪是誰？她有什麼目的？我的記憶為何顛三倒四？我的過去又是怎樣？我是否白夫人製造的克隆人？

第十五章

第二天早上她用清香洗髮精洗頭，穿了一襲款式大方得體的灰色洋裝，半跟鞋，化了一個淡妝，塗了清爽的香水，挽著黑色的包包出門，林老師對單影雪的評語是謹言慎行、敏感、害羞和聰明。她買了伴手禮，駕著小汽車來到ＸＸ小學，她從學校簡介讀了他的資料，林校長在小學任職二十年，由老師晉升到校長，他也是當年單影雪六年級的班主任，但是她對他沒有印象。她對詢問處的女員工說：

「早安，您好，我是林校長以前的學生，有十分重要的事情找他，但是沒有預約，不知道他是否有空跟我見面？」

「請問貴姓？」

「我姓單，叫單影雪。」

「請到那邊沙發等一會，我去請示林校長。」

等了好一會女員工出來帶領她到校長室，她來到校長室，一名心廣體胖的初老男子正在講電話，用手勢示意她坐下，她送上伴手禮，瞄他一眼，之後眼觀鼻，鼻觀心端正坐下，林校長相貌敦厚穩重，甚具仁愛長者的風範，接著他對她說話，她慢慢抬頭專心看著他的眼睛幾秒，跟著將焦點放在他的鼻子。

「你是單影雪？」

「您好，林老師是否還記得我？你是我念六年班時候的班主任。」

「模樣兒依稀還在，但是標致了許多。」

「多謝老師。」程郢對他淺笑，等他出招。

「你說有重要的事情找我，那是什麼事情？」

「老師……我……我不知道怎算？」她未語先凝噎，雙眼通紅，楚楚可憐看著他。

「有什麼事情慢慢說，不要傷心，任何問題總會有解決的方法，你是我教過的學生，老師自然會幫你。」林校長七手八腳遞給她紙巾。

「老師，我本來過著安穩平淡的生活，可是突然飛來橫禍，大約半年前遇到嚴重的交通意外，除了內傷外，最不幸還撞壞了腦袋，完全忘記以前的事情，祇記得一個人獨自生活，沒有親人，也沒有男朋友，孤苦伶仃，祇是記起在這間小學念書畢業，醫生說這是短暫性失憶，他診斷要是有人告訴我以前的事情，可能會刺激我的腦袋，漸漸恢復記憶。老師，你現在是我最親近的人，宛如在茫茫大海找到一根浮木，老師，我飄泊無助，是一個不知道過去的畸零人。」程郢裝作泫然欲泣，雙手按在書桌上，身子微微向前傾，秀著保守洋裝下面的堅挺胸部。

「我一定會盡我的能力幫你，你想知道些什麼？」林校長舔了舔嘴唇，突然伸出厚實的大手握著她的手，程郢讓他握了一下即刻縮回，瞟他一眼看著書桌說：

「我想知道我的身世，我小時候的事情。」

「你跟以前一樣害羞，害怕接觸陌生人。」

程郢心裡啐了一口，抬起頭雙眸水汪汪看著他，林校長被看得靦腆別過臉說：

「你來自單身家庭，由母親撫養，二人相依為命，你跟隨母姓，不知道父親是誰，你媽媽要工作，你自小都是一個人照顧自己。」

「我爸爸叫什麼名字？」

「你媽媽只說他姓程。」

「爸爸為什麼會離開我們？他是否去世？」

「都是那種事情啊，女子遇人不淑，帶著孩子相依為命，掙扎過活。」

「後來發生了什麼事情？為什麼我會獨自生活？」

「你十歲那一年你媽媽因病去世，政府千方百計也找不到你的親人收養你，你被送往孤兒院收容照顧，你謹慎、害羞、自卑敏感的性格自小形成，但是你很聰明，很會念書。」

「要是那樣，我那裡有錢念大學？」

「你有沒有聽過『白夫人善慈基金會』。」

「是否白臻小姐成立那一個基金會？」

「白，是她前夫的姓氏，她離婚後仍冠以夫姓叫白夫人。」

「原來不是她媽媽的姓氏。白夫人仍然思念她的前夫，她很感性啊。」

「是啊，你也很性感，不，我說錯了，我指你也很感性。」林校長漲紅了臉結舌解釋。

程郢飛快看他一眼低頭抿嘴，林校長清一清腔調，莊重繼續說：

「『白夫人善慈基金會』設立了獎學金資助一些上進、勤奮、成績優異但是經濟有困難的學生，你所有學費都是由它支付，就算你滿了十八周歲必須離開孤兒院，到大學記宿期間的生活費都是基金會承擔，還有其他雜費也是由它包辦，白夫人可以說是你的再生父母。」

「是啊，不求回報的付出，真是可敬可讚。我小時候有什麼難忘的事情？」

「我祇做過你六年級的班主任，並不太清楚你小時候生活的細節，至於難忘的事情倒有一件，但是那件事卻不好說。其他事情你可以問你的同學或孤兒院的工作人員，等會我叫人將他們聯絡的方法傳簡訊給你，你的電話幾號？」

程郢胡亂寫了一個廢掉的電話號碼給他後問：

「我們班裡有沒有一個叫愛瑪的同學。」

「在我記憶裡沒有，就算英文名字也沒有。」林校長想了一會回答。

「明白了。我想也差不多，我先走了，真的謝謝你，老師，我們保持聯絡。」程郢起身對他鞠躬，優雅地撩起跌落的頭髮挽到耳朵後面，再瞟他一眼，林校長看得有點發呆，忘記回禮，程郢轉身離去竊笑。她經過詢問處時聽到二名大媽清潔員工低聲聊八卦。

「現在年輕女孩子也太猖狂呢，連阿伯也不放過。」

「她們隨便勾引正派男人當樂子，看她長相斯文，說話陰聲細氣，一副含羞答答的樣子，原來是隻含情脈脈的百變狐狸精。」

「校長本來是正人君子，也被她迷得暈乎乎。」

「校長從來沒有對我們憐香惜肉，也不留意我們是否穿了新衣、改了新髮型呢。」

「誰叫我們不懂賣弄風情嗚。」

「我才不會唔知醜，姣斯戇篤，周圍勾引男人。」

程郢回到車上思考剛才的情景，為什麼我會樂此不疲？若果我是男子，會不會玩弄感情，見異思遷，始亂終棄？

至於我的身世？我原本跟隨母姓叫單影雪，為什麼會平白無事改回姓程名郢呢？那個猥瑣不堪男人的姓氏？是什麼時候改的？剛才林校長確認我現在的記憶不是我的真正經歷，那麼是誰的記憶？為什麼會存在我的腦袋裡？是否被植入了別人的記憶？那麼我以前的記憶在那裡？我究竟是誰？

瞬間她突然想到一個地址，腦袋即刻描繪出一條路線圖，她跟著本能驅車前往，大約過了三十分鐘她來到目標房子，在遠處停泊車子監視，不久，竟然看見痴情司，陸社長先後走出來，二人開車離去，這是我的記憶？還是那個人的記憶？我曾經住在那裡與陸社長同居？但是我跟陸社長根本沒有可能呢，他根本不是我杯茶，但是阿森曾經質疑我跟陸社長是舊相識，根據我現在的性格跟林校長描述我小時的行為舉止相比，根本是南轅北轍，二碼子的事情，但是江山易改，本性難移，這是誰的記憶？那一個才是真我？還是二個不同性格都是真我，我是多重人格嗎？

突然手機閃光顯示有簡訊傳入，打開看是駭客損友告訴化驗物品、手機和環球定位電話的通訊記錄己經有結果，要求約見驗收付款，程郢回覆後開車赴約，她將車子停泊在約定的停車場，損友已經在抖腳抽煙等候，程郢響號，他不慌不忙鑽進她的車子，看見她立刻笑說：

「這次要釣的是老師？還是神父？」

程郢瞪他一眼頂回去：

「廢話少說，貨銀兩訖。」

損友交給她自己、阿森和小絲手機、環球電話的通訊紀錄，接著他交還右邊小山丘頂的金屬碎片說：

「這一塊不是電池，是金屬『鋁』。」

「有什麼用途？」

「我們只收取化驗費用，不負責解釋用途，你上網膜拜宇宙學問大神『谷歌』啦。」

「狗口長不出象牙，你們沒有售後服務嗎？」

損友笑嘻嘻不理睬她，拿出崖壁石頭後面的牆壁碎片說：

「這是三合土，俗稱石屎。」

跟著他又拿出左邊小山丘地上的電池板說：

「這是鈷電池板，只要在它上面不斷走動就能產生電流，比一粒A3電池的電力還要強勁好幾倍。」

程郢一邊在手機的電子錢包付款給他，一邊啐道：

「怎麼這次又解釋詳盡？」

「見你投訴，特別給你打折扣。」

損友交易完畢打開車門就走，程郢突然想起一件事叫住他：

「我是怎樣認識你？」

「是小宙介紹你給我們認識。你用了小宙的密碼聯絡我們，我們才接洽你，我們拒絕來路不明的生客。」

「小宙做什麼工作？」

「他是徵信社的偵查員。」

「現在小宙在那裡？」

「你不知道嗎？小宙一年前已經死了。」

損友有點愕然，說過後匆匆離去。程郢坐在車上發獃，小宙是誰？為什麼死了？我是怎樣認識小宙？我什麼也不記得？

程郢吃過晚飯回家，快手解除衣服的束縛，沖過澡後上網，她登入『白夫人慈善基金會』的網站，衹找到官方資料，沒啥價值。她改為登入一些八卦網站，報導他夫妻倆發明了一項檢測罕有疾病的專利，頓成億萬富翁，後來二人協議離婚，白夫人離群獨居，專心科研領域，前夫則一改常態，放棄科學工作，不斷追求年青伴侶，享受人生，多次傳聞他身患惡疾病危，最後不知所蹤。

她也找到了白夫人離婚後仍沿用前夫姓氏的多種臆測，最風言風語是白夫人憎恨她爸爸拋棄她們母女，寧願採用前夫姓氏，前夫叫白磊，洋名阿當，白夫人小時隨母姓，名字叫王臻，夫妻未離婚前已經建立了「白夫人慈善基金會」，因不想將名字改來改去引起混淆，也為了行政便利，故此沿用本名，程郢再上了許多網站查看，資料差不多。

她思考了一會，將手錶今天行車的環球衛星定位路線圖抄寫，儲存在手提電腦，再用軟件程式尋找那個觀看小島日出小山頂的經緯線度數，之後再登入谷歌的地圖，鍵入經緯線的度數，地圖立即轉移到小山丘，她將地圖放大，怎麼會找不到呢，再將地圖縮小，小島的位置原來如此，

第十六章

大清早程郢來到阿森的住所樓下，她特地改了著裝穿裙子，換了新髮型，戴上黑超，等了好一陣子看見阿森拿著花束下樓，她遠遠跟隨他，看著他在電車站等候，駛過了幾輛有空位的電車，直至一輛去「跑馬地」的電車，她看到阿森準備上車便跑過馬路跳上去，他走上第二層，她在第一層等他，電車入口在車尾，唯一出口在車頭及付車資，來到總站阿森也沒有下車，車子繼續走到墳場站台，她等他下了車才急急跳下車，遠處看著他走進墳場，她沒有即時跟著他，她知道這個墓地很空曠，很容易找到他。

她看著他來一個墓穴前，放下花束默思，便躲在一棵大樹後面等他，他離開走近時，突然看見她吃了一驚。

「你為什麼跟蹤我？」

「這是公眾地方啊，任何人也能到來，我沒有跟蹤你。你拜拜的是親人？還是愛人？」程郢一臉得意賴皮。

「我懶得理你，才不會告訴你，也不會跟你拌嘴，你自便啦。」阿森邁步走，漸走漸遠，程郢大聲說：

「你一早就知道我們上去小島的目的，不是去調查白夫人，也不是偵破小島的防禦系統，是另有目的。」

阿森停步但沒有轉身，程郢追上去。

「你知道了？但是看你的表情，你根本不知道。」阿森扭頭細心看她。

「怎麼不知道，另外的目的就是你和陸社長協助殺人。」

「真好笑，你講出你的推理吧。」阿森轉身跟她對峙。

「是你殺死釋惠心和弄瘋了大絲。釋惠心死亡和大絲遇難都是在九時以後發生，機械人正在充電，它們沒有在外面活動，白夫人體弱，不可能殺人，你們就充當殺手。我們九點前回到三號屋不久，你就說很疲累回房間休息，然後從窗子爬到地下，跟著你去到隧道將釋惠心的腦袋撼在牆上，先將她殺死，再搬運她的屍體到對面山的崖壁，擱在石柱上，等我睡著才回到屋子去。至於大絲案發當晚，你也很早上床，用同樣爬窗到地下，看著大絲走進『幻覺離恨天』玩得興高采烈，向著『幻覺離恨天』投擲硬物，令它受到干擾，使大絲受到電流襲擊瘋癲，而且小絲也是你故意爆料，你大聲說隘路的磁場最弱，能夠打電話發簡訊到外面去，你叫她去找春感司，春感司火上加油告訴她在夜間走到隘路能夠打電話，於是小絲誤信你們到隘路對外通訊，受到閃電攻擊而死，至於釋超健之死嘛。」

「他的死又怎樣？」阿森露出一副懶洋洋的表情。

「他是被陸社長推下山崖的，然後躲到崖壁的凹槽裡，我們才看不見他。」

「怎麼可能？陸社長是第三天下午才到達小島，釋超健是第二天上午跳崖死亡。」

阿森衝口而出，看見程郢似笑非笑看著他，知道中了她的詭計。

「既然激將法無效，我只好誣陷陸社長的方法呢，你也算得上正直，陸社長是你的朋友，你看到無辜的朋友受到陷害，必定挺身而出，為他抗辯。但是你和白夫人、陸社長、石老爺子都是同黨。」

「你是怎樣發現？」

「你說過你知道石老爺子這個人，但石老爺子祇會窩在家裡的工作室不愛出門，他說我是唯一探訪過他的客人，他又說主動聯絡你關於小島的情況，說明你倆早已相識，到了小島後你的表現很奇怪，好像不太熱心調查，又說一些含糊其詞的說話：『我才是真正的女人。』你可能已經知道白夫人的殺人計畫，當我們發現大絲瘋癲了，想要告訴白夫人，你立刻說：『她可能已經知道了。』還有，我找人取得你和我那幾天的手機通訊紀錄，第三天死了李夢夢三人，我在上午滑手機嘗試跟陸社長傳短訊，但並不成功，但是，根據記錄你在中午卻能滑手機找到了他，報告了小島已經死了五個人，他才會在下午來到小島，並不是在第四天火山爆發時到達，為什麼你能夠跟陸社長通訊？唯一解釋你是他們的同黨，你是共犯。」

「可是，你怎樣推理我不是兇手？」阿森不答反問。

「在釋惠心案件，她與你毫無關係，為什麼要跟你約會？除非你脅逼她，說你拍攝了她和釋超健的親昵照片，但是當時我們並不知道她是比丘尼釋惠心，還有，你這矮胖子笨手笨腳，力氣不足，根本就沒能將她搬運到危險的崖壁上。大絲瘋癲案，『幻覺離恨天』位於日式庭園溫泉附近，要是近距離向它投擲硬物會受到地形限制，而且那樣會引發大量火花向四周噴射，投擲者也會燒傷，但是你的手臂沒有燒傷的痕跡，我問你的臉蛋光滑，是不是敷了面膜，你否認了，你不是兇手，至於陸長社推釋超健落山崖再躲藏，那座小山丘是人工打造的，根本就沒有凹槽，況且，我們看著他跳下去。那麼你承認上去小島是另有目的？」

「你這樣厲害，已經推理得清楚明白啦，還要問我嗎？」

「這些都是白夫人精心打造的殺人計劃嗎？為什麼連我這個無關痛癢的路人甲也拉拽進去啊？」

「我怎知道？或者知道你剛巧有空，人也十分無聊，要你做人肉佈景板，又或者要訓練你的推理能力吧。」

「你不要胡扯企圖蒙混過去。」

「是又怎樣？」

程郢見他如此無賴也沒辦法，祇好繼續問：

「你知道那一個小宙嗎？」

阿森臉色大變，冷冷的說：

「要不是他留下的說話，我也不會跟你回到銀杏林。」他怒不可遏對她咆哮後，鐵青著臉急促離去。

「發什麼神經？吃錯火藥？小宙不會是拒絕你的直男吧？」

程郢心有不甘，決意走到阿森拜拜的墓穴看清楚，她看到墓碑上的照片，嚇了她一大跳，英俊的臉龐，桃花眼，挺直的鼻樑，帶笑的嘴角，真的很眼熟，那是陸社長的弟弟，再看墓碑更大吃一驚，上面寫著『陸宙之墓』，陸宙就是小宙，小宙跟我有什麼關係？為什麼阿森會突然對我勃然大怒？為什麼我有他聯絡損友的密碼？白夫人已經死了，陸社長是唯一的人能夠解開所有謎團。

第十七章

程郢窩在家裡對著證據思考了幾天，決定跟陸社長攤牌，約了他第二天下午到徵信社會面，陸社長回覆歡迎討論。

程郢準時赴約，按過門鈴，陸社長親自應門，痴情司側身坐在可以藏身的單人沙發，看著外面樹葉零落的銀杏樹，那種寂寞仙姿的神態像極白夫人，茶几上已經備有香茶點心，陸社長與阿森坐在旁邊的長沙發，程郢選了對著陸社長的沙發，陸社長舉杯請茶，那氛圍像老朋友餘暇相聚聊天。

「閒話少說，你們精心安排了殺人場地，受害人全都是你們刻意挑選，在小島設計了幾個機關進行謀殺。」

「你找到些什麼證據？」痴情司悠然問。

「你們故意安排行程在夜間出發，使受害人不能辨別路上風景，當車子駛進隧道內，便將旅遊車擱在機關上，它是由半月形立體模子、油壓幫浦、鋼管和電纜組成，讓旅遊車不停轉動，左右搖擺，令受害人感到車子整夜行駛，其他裝置在車子二邊設置屏幕播放夜間路上光景，以免受害人在夜裡醒來，一個不小心發現漏洞，為了保險一切運作在掌握中，你們在進入隧道時在空調加入麻醉氣體，我在空調出口刮下一些黏稠物體，石老爺子化驗到有麻醉化學品，這樣就能保證受害人一直睡到天亮抵達小島，沒有半點懷疑。」

「這有什麼作用？」

「目的之一是瞞騙受害人去了一個與世隔絕，求救無門的荒野，目的之二是為了小島上的殺人設備，它們需要大量的電力，我曾經用電磁輻射探測儀器探測過『幻覺離恨天』及隘路崖壁上面的黝黑發亮石頭，發覺電磁輻射探測儀器對這二樣裝置的讀數非常高，就能推論『幻覺離恨天』需要消耗大量電力運作，石頭則天然蘊含極強大的高磁性，殺人小島根本不可能生產巨大的電力供給殺人設備使用，小島的位置必須接近市區，保證得到持續的電力供應，為了瞞騙受害人及遷就小島的地點，故此裝置了隧道的機關。」

「那麼小島又設置了什麼殺人機關？」

「你們在小島製造了四個殺人場地，要是將一號屋也計算在內，一共是五個。首先我發覺小島有點不對勁，第一天早上我們到達群山環繞的中間突起小山丘平頂上看日出，日出是從隘口的正中央升起，但是當天晚上我們在小島對面的沙灘看月出，位置跟看日出是一樣，但是月出不是從隘口正中央升起，是稍微偏左升起，那是不可能的事情，日出和月出跟地平線或水平線形成五度角度，祇有在春季和秋季稍微調整角度，但是無論那一個季節日出和月出都會從在同一角度升起是不可能改變的事實，但是第一天的日出和晚上的月出所升起的角度出現了偏差，那就有問題，除非小島會移動，為什小島會移動？唯一的解釋小島不是天然的小島，它是一個人工製造的小島，它受到浪潮沖擊，微微偏離了原定的位置，這樣解釋了為何小島能夠集合眾多巧妙的殺人場地、人工南北極磁場、火山爆發等高端設備的載體，因為小島是人工製造，具備許多精密的機器在運作。其實還有其他旁證。」

「那個日出和月出的分別是痴情司留下紙條，特地提醒你。還有什麼旁證？」陸社長冷靜說。

「為什麼？」

陸社長沒有回答，程郢感到洩氣但仍奮力說：

「當我第二次到小島探索，小島只賸下二邊小山丘的山頂，我潛水落到隘路的崖壁，發覺黝黑的石頭剝落，後面的牆壁是三合土造成的，那是化驗的結果，跟著我潛水到日式庭園溫泉的位置，卻找不到溫泉熱湯噴射出來，還發現小魚的顏色很平凡，基本上沒有色彩。」

「你有沒有想過為什麼會建造了日式庭園溫泉？」痴情司打岔問。

「當然用來哄騙受害人享用。」

痴情司住口輕笑，又望向窗外，程郢繼續說：

「我沒有找到溫泉熱湯湧出，因為根本就沒有火山口，溫泉熱湯和沙灘溫泉都是人工製造，魚兒顏色很平凡，但是海水魚兒顏色都是鮮艷的，這不是很奇怪嗎？於是我利用環球衛星定位程式，擷取了看日出小山丘的經緯線度數，再上谷歌地圖確定小島的位置，發覺那裡沒有小島，再縮小地圖觀察，原來那一處是在群山中一個淡水小湖泊，那就證實小島是一個人工製成品，地點不在大海裡，不會受到強大潮汐的影響，小島位於平靜的小湖泊更適合佈下殺人場地，謀殺受害人。」

「好細密的推理。那麼小島上的四大殺人場地又是什麼？」痴情司態度閒散。

「還未解說四大殺場地前，我先闡明白夫人指派給受害人的管家有什麼意思？」程郢對著痴情司促狹。

「有什麼意思關係？」

「那是關係到白夫人的殺人動機。薄命司是釋超健和釋惠心的管家；暮哭司是大絲和小絲的管家；結冤司是陳明達和張蘭的管家；傻大姐是我和阿森的管家；痴情司和春感司是白夫人的貼身侍女。薄命由於欲盛，欲的緣起在於心不淨，釋超健和釋惠心的不當之欲造成諸多業障的根源，他倆受財富，權力和慾念牽絆，不能超脫，故曰薄命；暮哭在於驚慌、懼怕，大絲和小絲如蛆蟲攀附權力，昧著良心做幫凶，惶惶不可終日，懸念何時遭到報應，故曰暮哭；結冤望文生義，有冤報冤，有仇報仇，了結仇恨，雙雙赴黃泉，故曰結冤；傻大姐傻裡傻氣，心無罣礙，似乎用來諷刺小弟在下；痴情和春感是愛則痴情，喜在春華，其意昭然。」

「你不要在這裡賣弄，歪說紅樓佛偈，兄台你也是執迷不悔，沉淪不悟，寧願迷醉在孽海情天的幻境，不肯清醒過來。快點解說你所謂的四大殺人場地吧。」痴情司忽然怒氣沖沖斥責程郢。

「遵命，痴情司。」程郢突然誠心誠意。

「小島的四大殺人場地分別是左邊山丘的隧道、右邊山頂展望台的金屬鋁板、『幻覺離恨天』的機關和雷電閃擊的崖壁和隘路，外加一號屋的密室。」

「不要嘮叨，快點推理如何殺人。」

「第一天晚上大約八點半釋惠心穿著漂亮的晚裝，裝扮得美美赴約，那麼應約人會是誰呢？不會是白夫人的神秘男，他是白夫人的情人，不會是陳明達，釋惠心不看他在眼內，況且二人根本沒有接觸，不會是阿森，阿森是彩虹人，當時仍不知道她是比丘尼，也不知她和釋超健的夏威夷豔聞，陸社長還沒有上到小島，剔除了所有男人後，唯一就祇賸下了釋超健，但是，我們在九時回到屋子，阿森看見釋超健在四號屋二樓房間，他從容自在凝望波浪，一副毫不知情的模樣，事實上，祇有釋超健可以叫得動釋惠心，可以約會她，唯一的解釋是白夫人和釋超健是謀殺釋惠心的共犯，他們有聯繫，共同訂下殺害釋惠心的詭計，或者，是釋超健要求白夫人幫忙，是不是，痴情司？」

「你還沒有說完呢。」

「釋超健祇要對釋惠心說出一個浪漫的藉口，釋惠心就會喜孜孜去到隧道約會，等待釋超健到來，到此為止釋超健的部份已經完成，餘下就是白夫人的部份，安排特別製造的殺人武器出場。」

「那是什麼特別製造的殺人武器？」阿森心急問。

「未揭曉殺人武器之前，我先解說為何釋惠心抱石柱擱屍，隧道是圓錐形、短而筆直，較細的出口對著石柱，據《佛說觀佛三昧海經》描述比丘、比丘尼犯淫戒必受果報，要下銅柱地獄：『一條銅柱狀的大山，下有猛火，火上鐵床有刀輪，諸刀輪間有鐵嘴蟲，犯色戒者臨終時會全身抽搐，震動不休，腦中會產生一個奇怪念頭，希望出現一根鐵柱，縛著身體，令其不搖動，此時獄卒羅剎現身，化作手執鐵柱的童僕，叫罪人手握鐵柱，罪人聽命，發現處身大山的銅柱頭，烈火焚身，下面或有俊男美女，罪人心生愛慾，一躍而下，即被銅柱貫身，鐵鋼絡頸，六根火起，鐵嘴蟲從眼而入，由男女根而出，痛苦難當，歷盡九百億生九百億死，方可離開。』釋惠心的死亡姿勢就應驗了這個抱銅柱的象徵意義。」

「我不是佛教徒，不是他們，當然不信。你不要吊胃口，解謎吧。」阿森撇嘴說。

「殺人武器是傻大姐。」

「機械人晚上九點後要回到主屋充電，傻大姐那裡來的能源去到隧道殺人？」阿森駁斥。

「白夫人解釋過樹葉的奇妙功能：『它們能夠會互換能源，那些吸收了陽光的葉片會將能源調配，傳送給在陰暗裡生長的葉片，讓它們也能利用葉綠素製造能量食物。』跟著她又說到她的機械人運作原理也一樣。你祇要回想一下小島的構造，就會得出一個概念，地上鋪設了鈷電池板貫穿了整個小島，我想主屋也有鈷電池板連接到地上，整個鈷電池網系統就仿造了一棵植物，它們宛如植物的脈絡運送能源到各片葉子，傻大姐就是一片葉子，能夠從鈷電池板吸取其他機械人的能源，保持運作，故此傻大姐能夠晚上九時以後去到隧道殺死釋惠心，小島的鈷電池網就是一件龐大的殺人道具。」

「那麼它怎樣殺死釋惠心？隧道的高度局限了傻大姐將她擲向對面的石柱子，就算傻大姐做得到，也不能保證將釋惠心擲到柱子上。」阿森找碴子。

「傻大姐是用另外一種方法殺死釋惠心，叫做日月同光。」程郢神氣說。

「不要故作姿態，曲解屈大夫的《九章・涉江》。」痴情司滿臉不滿。

「我們不是在隧道外面找到一個膠環嗎？它是傻大姐身上的裝備，傻大姐說白夫人在它身上加添了一項拯溺功能，她曾經表演過：『她跑向海中心，越跑越遠，直至沒頂，過了一會，海中露出一個小圓球，緩緩膨脹起來成為一個大圓球，旁邊附設拉環扶手，大圓球浮動到海邊，慢慢收縮變回體胖憨厚的傻大姐，步行上岸。』傻大姐將自己充氣成為一個特大圓球，傻大姐說過她可以變得更大，圓球堵塞隧道，防止釋惠心逃走，也進行謀殺，傻大姐用力刺穿自己的肚皮，我們那一晚看完月出後回到小島，聽到一聲巨響雷聲就是傻大姐刺穿自己爆破，它會產生向外噴射強勁的氣流波，那一條隧道入口大，出口小，設計成一個圓錐形，錐體壓迫氣體加強氣流波的速度，筆直而短令氣流波無障礙直射，傻大姐的設計就是一枝氣槍，隧道是加速器，白夫人精確計算過發射的角度，氣流波的強度，隘路的寬度，剛好將釋惠心射到石柱上，腦袋撼動崖壁死亡，屍體擱在石柱上，完成了比丘尼抱著銅柱受刑氣絕身亡的象徵意義，傻大姐也受到氣流波的強勁反彈力向後面撞擊，身體支離破碎，第二天大清早其他機械人就會收拾傻大姐殘缺不全的肢體，但是仍然遺留下一個膠環給我們發現，我才會聯想到傻大姐，而且在第三天晚上我在主屋的充電室看見傻大姐的機械頭，它的後腦凹了一片，就證明它曾經向後面撞擊，也印證了我的推理。」

「那麼釋超健殺死釋惠心的動機是什麼？」

「為了自保？我不知道，這是其中一個可能吧，釋超健和釋惠心親昵把臂同遊夏威夷的豔聞傳得揚揚沸沸，祇要釋惠心死去，就會死無對證，任由釋超健辯解，置身事外，依然穩佔大和尚寶座，受萬民敬仰。」

「他會怎樣辯解呢？」

「我會積口業，不作胡亂猜想，況且，他已經死了。」

「那麼第二個殺人場是什麼？怎樣殺死釋超健？」

「第二天早上釋超健發覺釋惠心徹夜未歸，便知道白夫人將事情辦妥，於是喜形於色吃早餐，吃完之後要去跑步，就算他不想去跑步，一號管家薄命司也會說服他穿上那一雙配備鈸電磁場加速的跑步鞋散步，它利用無軌懸浮列車的磁場原理推進的，那是部分的殺人武器，薄命司還會建議他到右邊蒲飛小徑跑步。」

「為什麼一定要釋超健穿上那一雙配備鈦電磁場加速的跑步鞋？為什麼一定在是右邊山丘？是否因為加速令他不能停止，繼而跌落懸崖。」阿森心急問。

「不會的，只要跑步者停下來，它就會立刻停止。不過，殺人方法是白夫人的奇思妙想，我們回顧當時的情景，看見釋超健飛跑上山，薄命司跟隨其後，還以為他會停下來憑弔死者，怎料他繼續奔向山頂，我們勉力追趕，只能望其項背，再追幾步，釋超健已經去到山頂中間，忽然縱身一跳，大叫一聲，他這一聲大叫證明他遇到了突發狀況，他跳起時我看到他的腳踝，可以想像他跳得有多高，而且那一片鋁金屬板的中央離短腳圍欄有三步，短腳圍欄離開懸崖邊沿有二步，合共五步，就算釋超健打算跳崖自盡，以一名七十多歲老人家的能力，不可能夠由鋁金屬板跳過五步，去到懸崖，可以想像他彈跳的力量有多大，而且自殺是要站在崖邊跳下去，那有離開懸崖幾步之遙啊？故此釋超健是他殺。」

「你說來說去，長篇大論仍然未能說出是什麼力量令釋超健跳下懸崖殺死他？」

「你知不知道雲霄飛車如何由高速向前衝，來到終點時就會緩緩停下來？」

「是什麼科學原理？」阿森不禁問。

「是利用鈦磁石和鋁金屬，鈦是一種超強力磁石，遇到鋁金屬板時就會在瞬間將鋁金屬板變為同一極，同極相拒，產生超強對抗力，雲霄飛車的終點軌道上安裝了一個或二個鈦磁石鐵長條，雲霄飛車的底部或二則安裝了鋁金屬板，反轉安裝也可以，當釹磁石遇到鋁金屬板就會令到鋁金屬內部產生渦流，生成一個磁場對抗，即同極相拒，將雲霄飛車煞停，這個系統叫磁力煞車製動器。釋超健穿著那一雙正是配備了釹電磁場加速的跑步鞋，設計上磁場力向上拉，減輕了跑步提腿的壓力，當他跑到山頂時，釹電磁場跑步鞋瞬間將那一塊鋁金屬板改變做同一極，突如其來的二極相拒，產生超強的對抗力，將他反彈到高空，拋出外面老遠，跌落懸崖，當然這也是經過白夫人精確的計算，保證將釋超健拋出懸崖外面，看似跳崖自盡，我的推理對不對，痴情司？」

「真虧理你想得到。」

「是你們粗疏大意，留下太多證據給我發現。」

痴情司淺笑不置可否，陸社長皺鼻子，阿森面露不屑。

「不要得意忘形，快點解說陳明達和張蘭死於密室的秘密之謎。」阿森大聲打破尷尬的氛圍。

「在解開密室之謎，先要搞清楚李夢夢如何能夠通過守衛森嚴的防禦系統？」

「不用說啦，既然白夫人與釋超健是共犯，白夫人也會從旁幫助李夢夢，大開方便之門讓她上來小島，替她殺人。」

「你說對了一半，白夫人的確幫助李夢夢登上小島，但是如果白夫人殺害陳明達和張蘭，為什麼李夢夢還要上來小島？難道到來做觀眾嗎？你忘記了陳明達和張蘭的管家是報冤司嗎？報冤報仇當然要親自落手，才會有報仇的快意，報仇者絕不想假手於人，故此是李夢夢打開一號屋密室，她才是殺死二人的兇手。」

「殺人也要有那一股狠勁呢。」

「推理小說的殺人兇手都有一點變態。」、

「一籮筐廢話，李夢夢怎樣進入一號屋密室？」

「我們找到什麼證物？」程郢突然扭頭問阿森。

「在日本庭園溫泉找到一段拗彎成螺旋形的堅硬小銅條，上面纏繞著堅韌的繩子，客廳找到二片用過的黏貼膠紙，一號屋旁邊的鈷電池板下面一塊磁鐵，這些都是此案的證物。」

「那是一塊特別的磁鐵，可以通電的，磁鐵上面那一塊鈷電池板鑽了一個小孔，我來考你，這些物證加起來能夠做出什麼東西？」

「不要考我啦，我不愛推理，看推理小說看到一半，總是翻到最後看誰是兇手？怎樣殺人？什麼動機？」阿森鬧彆扭。

「一段拗彎成螺旋形的堅硬小銅條、通電磁鐵和一塊鑽了一個小孔的鈷電池板能夠組合成為一個簡單的馬達，電力能源來自鈷電池板，只要在它上面不停行走便能夠產生比一粒A3電池強幾倍的電力，馬達的操作方法是將鈷電池放在磁鐵上面，小銅條放在電極上，就是放在鈷電池板的小孔裡，接著在鈷電池板走動提供電能，小銅條就會不停旋轉，小型馬達便完成。」

「這個馬達有什麼用？又開不了大門。」

「李夢夢祇要利用繩子套在大門的長方型門把裡，轉動馬達便會將長方型門把向屋裡拉扯，打開大門。」

「但是怎樣將繩子套在大門的門把裡？」

「那二片用過的黏貼膠紙給我靈感。最近的窗子離開大門的門把大約5米多，什麼東西有那個長度呢？主屋二樓的娛樂室有各種玩具，當中包括幾副高級伸縮魚竿，我曾經看到鬼祟男用來釣魚，一般魚竿的長度由2.7米到6.4米，長度綽綽有餘，祇要在魚竿附帶打了圈的繩子，便輕易將繩子套在門把裡面，那二片黏貼膠子就是用來將繩子貼緊在魚竿上，我也想過用一條粗些的繩子套在門把，直接拉動門把，但是繩子太粗太重，輕軟的伸縮魚竿不能支撐繩子的重量，故此只能夠用一條幼小而堅韌的繩子，祇要在門把套上繩子，將另一頭綑綁在馬達的銅條子上面，啟動馬達，銅條子不停旋轉，拉動繩子打開大門，但是回收魚竿時有二片黏貼膠紙鬆脫掉落，給我們找到做證據，李夢夢也能夠進入一號屋，殺死陳明達和張蘭了。」

「終於解開密室之謎。但是李夢夢怎樣殺死陳明達和張蘭？而且他們又不是死人，遇到襲擊會反抗嘛，啊，我想到了，又是白夫人的幫忙，她簡直是推理小說的神仙，滿足殺人兇手的三個願望，解決他們遇到的難題，她將在旅遊車施放麻醉氣體的詭計環保再用，先在空調釋放麻醉氣體將他倆昏倒，李夢夢就能為所欲為殺戮，在他們的左胸烙印心形圖案，那麼左胸口上的心形圖案與殺死他們有沒有關係？心形圖案又暗示些什麼？可惜沒能驗屍，不知道死因呢。」阿森說得頭頭是道。

「為什麼不在其他位置烙印？偏偏在左胸口上面？」

「我明白了，上面有心，下面也有心，意思是心心相印？直到死亡？那怎樣殺死他們？我指怎樣令他倆的心臟死亡？」

「你的聯想也夠匪夷所思。我們在二樓走廊找到了證物，是一些白色粉末，石老爺子化驗出是氧化鈣，俗稱生石灰，在生石灰粉加水會產生變化，釋放出大量熱力，化學反應是水份逐漸沸騰蒸乾，有些農村的村民會將雞蛋放入其中，它產生的熱力足以將雞蛋煮熟，可見熱度之高，日本人也設計了生石灰加水的妙著，將涼掉的便當加熱，滿足組織強國人要吃熱飯的慾望，李夢夢就是根據這個化學原理，利用廚房烤烘鋅紙，包裹著適當份量的生石灰，加上水份，按壓在二人的左邊胸口上，也就是心臟的位置，當中產生大量熱力透過鋅紙足以燙熟二人的心臟，將他們殺害，也在左邊胸口上留下屍斑，好像心的形狀。至於寓意嘛，是負心、傷心、死心、歹心、決心、狠心、狼心吧，是針對陳明達玩弄李夢夢，負情負義，他老婆陰險惡毒，有冤報冤，有仇報仇的反擊。」

「哎呀，好狠毒的殺人方法啊，真是毒蛇口中舌，黃蜂尾後針，……。」阿森撇嘴對著程郢說，程郢即刻對他皺鼻子。

「阿森，不要太過份了。」陸社長突然沉聲說。

「在那件事情上，你最有資格說話。」阿森賭氣反駁。

陸社長黯然，痴情司嘆息，程郢莫名其妙，仍然繼續說：「至於李夢夢之死，我的推測是她殺了人之後想要逃離小島，夜間裡慌不擇路，失足跌落溫泉，碰到了額頭，所以她那處有傷口，昏迷不醒淹死在溫泉，白夫人不會殺死她，她不在被殺害名單內，意思是她不符合被殺害的標準。那麼屍體不翼而飛之謎？我想過是否痴情司用了天外飛仙之術，它在沙灘表演過一次，調解大絲小絲要單獨乘坐快艇的問題，但問題是屍體太重了，而且就算能做得到，濕漉漉的屍體也會滴水留在步道上，留下線索，故此答案在溫泉裡，溫泉也是人造機關之一，在火山爆發時，我看見溫泉的出水口打開一道裂隙，當時屍體就是經由這個出水口，被吸入裡面消失了，這種機關超級老梗，但實際管用。」

程郢說得口渴，連續喝了兩杯茶。

「輪到第六案大絲瘋癲了。」

「大絲瘋癲的原因，石老爺子解釋得很清楚：『要是突然停電，又快速恢復，這樣瞬間的強大電流肯定會沖擊腦袋，對腦袋傳送訊息的電子線路會做成極大干擾、破壞和傷害，腦袋不能回復正常運作，更甚者可能令人永遠癲狂。』關鍵是怎樣才能夠做成突然干擾？。要是有人走近它，向它投擲物件，『幻覺離恨天』會響起警號，又會提醒用家按停運作，而且物件和電波牆碰擊會向四周射出火花，但是當時沒有響過警號，四周的花草樹木及環境也沒有被火花燒過的痕跡，這樣排除了近距離投擲物件，小島裝備了驚嚇系統，嚇唬鳥兒闖入，故此飛鳥闖入也被刪除，那麼一定在高處投擲物件。」

「高處？『幻覺離恨天』一邊對著隘路，二邊是山丘，一邊對著主屋，不可能在隘路，因小絲正在打電話，二邊山丘長滿了蒲草和小樹，妨礙行動，最可能的地方就是在主屋投擲物件。」

「對，就在主屋二樓，當晚我潛入主屋，想要偵查三樓的情況，可是聽到二樓有聲音，立刻躲藏在一樓樓梯下面，是男女對話，他們更打開二樓的窗子欣賞夜色，他倆說著牛頭不對馬嘴的說話，現在我終於明白其中的意思，突然我看到暗黑了幾秒，我以為是閃電影響，但是沒有聽到打雷聲音，事實當時有人已經在二樓向著『幻覺離恨天』投擲了物件，那件東西更可以回收，自動飛回到投擲人手裡。」

「可以回收？是否回力鏢？」

「不是，隔天我到娛樂室看過，所有回力鏢都齊全，上面也沒有被燒過的痕跡，回力鏢的原理是將它用某一個角度投擲，它獨特的形狀強迫下方氣流的流速較慢，壓力則較大，上方壓力較少而產生上升力，葉片繞著圓心快速旋轉，產生垂直的氣動力，迴力鏢就會做出圓周運動，返回投擲人手裡，其他形狀的物件也能夠產生相同的效果，只要那種物件有攻角，就能當做迴力鏢使用。他們離開後，我在二樓地上發現一個『井』字型的玩意，其中一隻攻角被燒焦了，有人利用了這件『井』的物件向『幻覺離恨天』投擲，干擾了它的運作，它飛回了主屋二樓，擲鏢人失手沒能接住它，但也弄瘋癲了大絲。」

「那個人是……。」阿森結結巴巴說不出口。

「白夫人身患頑疾，油盡燈枯，風中之燭，根本無力投擲物件，是你，陸社長，是你對『幻覺離恨天』投擲了『井』字型物件，我上網查看你們的履歷，你和白夫人是大學的學兄學妹，從你倆在二樓的對話內容，你一直單戀白夫人，你一早知道她的殺人計畫，操刀為她弄瘋癲了大絲，你是幫兇。」

「我們已經知道你偷偷潛入主屋，那裡的防禦系統比任何地方更加嚴密，只要偵測到有人闖入，就會將所有出入口封鎖，要不然你怎麼會那麼輕鬆容易進入三樓偵查？又從一樓的後門逃走？我根本不知道白夫人的殺人計劃，是阿森告訴我小島發生命案，死了五個人，我才匆匆到來。你還是好好解釋第七案件隘路閃電，殺死小絲的方法給我們知道吧。」陸社長仍是從容不迫。

程郢有被挫敗的感覺，原來白夫人故意讓步給她調查，那又了為什麼呢？但她放下心情，抖擻精神繼續。

「隘路閃電殺人是小島最華麗的殺人舞台，時序霹靂頻繁，月黑風高，天空烏雲密佈，潛藏億萬電離子，隨時向地面射擊，春感司曾經告訴我們隘路的人造南北極磁場最弱，最容易吸引太陽電子風，那裡就是一觸即發的險地，崖壁上面那些黝黑閃亮的石頭都是羅剎夜叉，白夫人故意鑲嵌在那裡，後面的三合土牆可以證明，石頭蘊含大比例的鐵礦和石英閃岩石，都是帶著強烈伽瑪輻射線，磁性超強的物質，我放出的小型無人機也被磁力干擾，左搖右擺失效，隘路建構成一個異常高磁力的空間，在電磁效應作用下，經常吸引雷電雲雨中的電荷，產生空氣放電，構成強大的電場，一旦遇到地上突出之物件，立即產生尖端放電的現象。二邊高聳黝黑閃亮的崖壁合攏，中間一條隘路是一條黃泉路，整個組合就像一個巨型的捕獸器，靜靜等候獵物到來。」

「那麼怎樣引誘小絲入局？」

「我想阿森也出了一分力。」

「我沒有，真的沒有，祇是小絲無意中聽到我們的對話，討論隘路的人造南北極磁場最弱，可能打電話傳簡訊，跟著小絲問我們怎樣運作，我叫她問春感司，我還想警告她晚間經常打雷，不要……。」阿森矢口否認。

「當時我眼角看見小絲到來，你才開始大聲高談闊論，我沒有明確切實的證據，未能反駁你的說辭，你自己明白就是。」

阿森不再跟程郢爭辯，望著牆壁失神。

「小絲對自己是大律師的身份十分自豪，總是瞧不起別人，所以呢，自認聰明的人很容易騙的，根本不用對她守口如瓶，祇要故意給她暗示，讓她自以為憑自己的本領找到答案，她就會深信不疑。我推理春感司透露在九時以後，隘路的磁場最弱，最容易打電話跟外界聯繫，那都是白夫人刻意的安排，我找人取得小絲打電話的記錄，當時她能夠打出電話，但是很久未能接線，我想也是白夫人控制小絲持續使用電話的時間，讓她等侯多時也未能接線，外面的人也不知道她曾經打過電話，當小絲站在隘路黃泉路上，拉起天線，撥動電話等候接線，正是她高舉招魂幡，發出死亡帖，黝黑石頭的強力磁性引發尖端放電，導向霹靂閃電將她劈死，牛頭馬面將她鎖上手銬腳鐐，拉她入陰曹地府。」

終章

「那麼第八案件神秘男之死又如何？」

「我約略講述這一起案件的背景，十幾年前有一對年輕夫婦發明了一項檢測罕有疾病的專利，頓成巨富，後來二人協議離婚，平分財產，女的離群獨居，專心科研工作，男的則放棄奮鬥，不斷追求年青伴侶，多次傳聞他染上奇疾，最後不知所蹤，後來他再去尋找他的前妻，來到小島，神秘男的身份就是白夫人的前夫白磊，洋名阿當。當年他利用自己發明的檢測機器，發現自己帶有阿滋愛默症的基因，隨時會發病患上腦退化痴呆，忘掉一切，於是決意跟白夫人離婚，享受餘下的人生，耽溺縱慾的生活，莫負此生。」

「你怎樣知道這些秘聞？」

「是小宙的損友提供消息。最近白磊的病情惡化，什麼也忘記了，祇記得他和白夫人的事情，他為了追尋白夫人，得知小島度假的事情，跑去停車場找到旅遊車，走到痴情司面前撒野，它將他打得翻筋斗倒地，白磊屢敗屢戰，對著痴情司說：『臻兒，你是不是忘記我了？我是你的愛人阿當，我是你最愛的阿當。』陸社長，是你故意誤導我，將「臻兒」說成「宗怡」，將「阿當」說成「阿東」，是為了阻止我查案，白夫人本來的名字叫王臻，我想「臻兒」是他夫妻倆的暱稱，白夫人透過痴情司的網路認出了他，白磊又再走上前，神情兇悍看望痴情司，痴情司冷靜伸出右手，突然停在半空，接著溫柔撫摸他，第二天晚上我看見白磊撫摸春感司的臉蛋，春感司低吟：『思君之念未曾忘。』當時已經十點多，春感司在充電，根本不可能置身在白夫人的房間，而且它不可能憑著動作，揣摩對方內心的感情，作出恰當的反應，那個女子就是白夫人，故此可以判斷白夫人對白磊餘情未了，半生仍然痴心等候他。」

程郢說完後，轉身面對著痴情司信心滿滿說：

「我說得對不對，白夫人，痴情司就是白夫人的替身。」

「白夫人已經死去。為什麼痴情司會是白夫人？」阿森忍不住叫嚷。

「白夫人臨去世前將自己部份的思想意識上載到痴情司的儲存載體，我偷聽到陸社和石老爺子的對話推斷出來，白夫人借用了痴情司的機械身體。」

「你不要自鳴得意，石老爺子很快就發現了你黏在他工作台下面的竊聽器，當日我們也察覺到你的車子跟蹤我們到石爺子家裡。」陸社長不徐不疾說。

「你們故意洩露線索給我知道，那麼石老爺子跟你和陸宙是什麼關係？我用軟件程式將石老爺子的相片返老還童，又將古早照片的陸宙演化成青年，你們三個人出奇地相似。」

「那一張古早的三人照片也是我們刻意放在文件堆，讓你發現追查，誘導你找出答案，石老爺子是我們的舅公。」

「啊，自作聰明的人。」阿森揶揄她。

「你們有心讓我知道，為什麼？引誘我找出什麼答案？你們葫蘆裏賣什麼藥？白磊是怎樣死的？是否你殺死了他？」程郢再次質問白夫人。

「我們離婚後，過去十幾年間，他不斷花天酒地，嘗遍人間豔福，但是放縱的生活令身染奇疾而不自知，就如上世紀八十年代那一個荒唐的青年患了怪病死去，後來才檢測到第一單愛滋病，當然現在愛滋病已經不是絕症，祇是長期病患，有藥可治。白磊的狀況也是一樣，但是奇疾加速了他的腦退化症，很快他就什麼都忘掉了，祇記得他和我年青的事情，最後祇記得王臻一個人，他來到小島時已經病入膏肓，命懸一線，藥石無靈，無可救治，唯一賸下的方法就是利用以毒攻毒的方法，我利用毒藥嘗試治療他的怪病，那就是你在他的抽屜撿到的毒藥，但也祇能延長他幾天的生命，接著你看見我倆躺在床上死去，好像他被我毒殺。」

「那麼你呢？你是殉情？」

「你很浪漫，也很傻氣。你以為擁有一個機械人身很酷、很帥氣嗎？機械身體感受不到天地萬物的氣息，感受不到春夏秋冬時序的自然變化，感受不到肉身切膚的親密和苦痛，祇有精神的慰藉，沒有肉體的纏綿是不完美的愛情。我用病毒治療癌病，治好了癌病，但是自身的免疫系統轉移攻擊身體的器官，令我受盡折磨，千瘡百孔，離死期不遠，剛巧白磊來到，我們回到年青時代，重拾昔日的歡樂。」

「所以你說得來全不費功夫，但是你也苦候半生。白磊曾經背叛你，你可以原諒他，為什麼你還要殺害其他人？」

「你認為動機是什麼？」

「你的殺人動機就是背叛？你曾經說過三種可恨的人，一是背叛信仰、耽溺欲念的人；二是背叛信念、崇拜權力，視人民如草芥的人；三是背叛愛情、玩弄別人感情的人。」

「程郢姑娘也說過，祇要浪子回頭也不算背叛愛情。那麼只賸下二種可恨的人。一種是背叛信仰的人，釋超健是佛門高僧首座，釋惠心自小禮佛，決心受戒誠心向佛，但是二人把臂同遊夏威夷已經犯戒，出家人不守出家戒律，出門不穿僧袍，不規矩學經修禪，到處遊山玩水，放情縱慾，身心懈怠，光天化日穿著比基尼，更用手撫摸師父長老脖子，嚴重犯戒，二人苟且偷歡，路人側目，被網民在網路傳揚，還不知羞恥，歪說佛理反擊，以比丘、比丘尼之身犯淫戒，要歷九百億生九百億死，他們背棄自己信仰，當可選擇還俗共效于飛，佛法廣大無邊，佛門無界常開，當可接納，偏偏他倆戀棧佛門閒靜，仍要接受千萬受眾供養，過著安逸無憂的生活，泰然自若，他們是三重背叛，一是他倆本人，二是施主，三是宗教信仰，佛門寺院不管不理，不出手清理門戶，也是共犯幫凶。」

「宗教是什麼啊？是否祇能夠相信，不能夠反問？」

「大絲和小絲是權力的走狗，大絲更是甘心情願選擇做走狗，牠盡得組織管治精髓，以謊言暴力管治，扣帽子指責別人，經常動用武力限制人們的自由，貫徹執行組織幹部永遠領導一切，脅逼人們永遠效忠，宣傳組織會自我更新，自我淨化，自我完善，沒有反對派，沒有司法制衡，沒有輿論監督，手執絕對權力的組織就會橫行無忌，這跟黑社會沒有分別，還擺出一副我是流氓，我怕誰的惡形惡相。這是對自由平等信念的背叛，權力對牠如餓狼舔舐利刃上的血，牠吃飽了自己的血，最終也會流乾自己的血而死。小絲是念法律的，人們都認為念法律的人都有一顆正義的心，會公平公正公開處事，但是偏偏她是見利忘義之徒，專門利用法律做工具打壓別人的權利和自由，做盡傷天害理的事情，為虎作倀協助一個專制、獨斷獨行、視人們如草芥的組織。」

「可是，有怎樣的人民，就會有怎樣的組織。那裡的人相信組織這一次挑選的領袖窩囊透頂，管理組織一團糟，祇會寄望下一次組織挑選另一個好一點的領導，讓他們在組織的恩賜裡圈養，緊握僅餘的幸福生活下去，他們會三呼永遠感謝組織，從來沒有念頭自己要揀選管理組織的領導，就算廣州、上海的人普遍都是這樣的想法，他們被訓練到祇能夠相信，不能夠反問了，當是宗教，不會覺醒，默默無言接受組織再三肆虐，永無休止，事實祇有他們才能夠拯救自己，旁人祇能隔岸觀火，誰也幫不了忙。」陸社長表情木然詮釋。

「白夫人也如極端的左膠認為自己的主張是絕對偉大、光榮、正確，所講的說話是永恆的真理，要求所有人必須擁戴自己，反對的人就要趕盡殺絕，如對付大絲和小絲。」

「難道你不認為他們就是胡作非為，喪盡天良嗎？組織的領導利用集體主義侵蝕剝奪個人自由，提出口號如「為人民服務」削弱個人身份，改造個人成為組織的小螺絲釘，強調每粒小螺絲釘必須犧牲自己，為群體全力而赴，接著進行感情勒索聲稱組織所做一切事情都是為你好，你應該感謝國家，感謝和擁戴組織，灌輸組織等同國家的觀念，必須熱愛組織，熱愛組織就是愛國家，把人們當牲口、奴隸管理，組織最後演化成為專橫跋扈、集權專制的怪物，隨便對人們為非作歹，任性妄為，無法無天，進一步將人們貶低成韭菜、人礦，需索無度，予取予求，收割消耗，組織至高無上，韭菜至死方休，剛才你聲稱的永遠偉大、光榮、正確，正是組織的核心思維，人礦必須終生奉為宗教教條之一，膜拜遵守。」

「政權祇是代表公民管理國家，公民才是製造蛋糕的人，政黨祇是分配蛋糕的人。」

「那麼陳明達和張蘭是否也是你謀殺？」程郢不再爭論。

「我沒有幫忙李夢夢殺害二人，祇讓她偷偷走上小島，一切都交給李夢夢決定，怪誕的殺人手法也是她擬定，我沒有插手幫忙。女人如果心裡仍然愛著他，就不會計較，更不會殺人，陳明達是一個差勁的男人，他玩弄愛情，始亂終棄，狠心拋棄李夢夢，但說到底當初是二人你情我願投入一夜情淫慾。他不是最差勁，最恐怖的男人是不放過女人，男女分手後，明明不愛女人，卻像毒蛇纏繞女人，將女人當作獵物絞殺為止。恨愛一念間，是最原始的感情，恨比愛更強大，更持久，李夢夢靠著恨支撐她的人生，最終她選擇殺害了他們，但是李夢夢是局外人，一個復仇者，我沒有必要殺死她，她是死於意外。」

「不放過男人的女人也十分恐佈，中了愛情魔咒的女人像蛇髮女妖瘋狂，隨時會殺害男人。」阿森緊緊盯著程郢說。

「你幹嘛這樣瞪著我？經常針鋒相對說這些污蔑的說話？李夢夢才是中了愛情魔咒的殺人兇手。」程郢被看得惱火，大聲喝罵他。

「哼，你也是女人。」阿森晦氣說過後，不再作聲，轉過頭看著窗外凋零的銀杏樹。

「我是瀟灑的女漢子，才不會頓足捶胸，呼天搶地，為男人要生要死。」

「走著瞧吧。」阿森從牙縫裡低聲藐視說。

痴情司默默無言，陸社長皺眉凝思。

「那麼我在小島殺人案又是什麼角色？」程郢猶有餘怒問。

「你想清楚，你是局內人，你忘記了前塵，我們是怎樣幫助你？」痴情司輕聲說。

「那好像跟小島殺人案不搭調。但是，那天在三項鐵人耐力賽那個明艷女子愛瑪是你們派遣嗎？她也是徵信社的一員，你們費盡心思誘導我尋找我的過去，要我回到以前念書的小學找答案，又派阿森引誘我去看陌生男子的墳墓？你們怎會知道我的過去？就算白夫人資助我念書，給我生活費，也不能侵犯我的隱私和干涉個人生活？」程郢起勁哮叫。

「你仍然沉淪不願醒過來，執迷不悟。你回想連串發生的事情，我們不是一直不斷給你提示嗎？我們要你自己是找出答案，解救自己，當你上去小島，你遇到什麼事情？那裡有許多很有意思的情景。」

「那些情景都是你們製造出來？是要勾起我那些無限悲歡離合的回憶？日式庭園溫泉，我跟一名男子一起泡溫泉，我倆相處融洽，十分開心；海邊溫泉，那裡像極新西蘭的沙灘，我跟一名面目模糊的男子度過歡樂的時光；那條隧道像台灣旗津的大風隧道，我在洞口那裡對著茫茫大海，孤伶伶傷心悲哭，淚流不止；那一片金黃的銀杏林像極名古屋銀杏林一樣燦爛，但是明黃的憂鬱擦傷了我的青春，在懸崖那邊一定發生了十分可怕的事情，令我不敢走近。」

「為什麼你在石老爺子家裡感覺十分稔熟寫意，你對石老爺子隨心所欲說話，甚至出言不遜，石老爺子還是容忍下來，沒有苛責你，你不喜歡吃甜點，但是鐘情tiramisu，你沒想過為什麼嗎？」

「是啊，為什麼呢？」程郢側著頭想了一會回答。

「那麼你在『幻覺離恨天』看到些什麼？」

「你也看到我看見些什麼嗎？你知道了一切？」

「我控制『幻覺離恨天』，當然也看見你所看到的東西。」

「我看見一個孤苦伶仃、謹慎羞怯的女孩，那是誰？」

「那個女孩是你，是你本來的真正面目，單影雪。」

「不可能，我根本就是浪漫不羈的女漢子，泡吧專門釣男人的豪放女，不會是溫柔敏感、害羞靦腆、小鳥依人的小婦人。」程郢斷言說。

「為什麼你會第二次上到小島探索？」

「為什麼？」

「你再想清楚，我們不斷供給你暗示。」

「我明白了，那些都是你們悉數安排。石老爺子故意說右邊山丘的鋁金屬片粉末不夠份量，不能化驗出結論，逼迫我去冒險，痴情司再三留下紙條提問，白夫人是誰和她神秘的身世？當天的日出和月出有什麼分別？汝窯美人觚則強烈暗示我是一個孤寂的靈魂，是你們引誘我再去探索小島，因此我闖進小島範圍根本是不設防，讓我通行無阻，如入無人之境，你們故意不拆除隧道的機關是讓我發現，還在小島留下大量殺人的證據，山丘上的鋁金屬片碎片、露出崖壁後面的三合土牆、消失的『幻覺離恨天』和日式庭園溫泉的位置沒有熱湯噴出、小徑上的鈷電池板，這一切一切都是你們刻意留下的證據，真正的目的是讓我我偵破小島連環案件？」

「笨蛋，那不是真正的目的，你再想清楚最後你到了那裡，發生了什麼奇怪的事情？」陸社長突然破口大罵。

「偵破殺人案件不是真正的目的嗎？那麼另有陰謀？」程郢茫然無主問。

「你才是中了愛情魔咒的女人，深陷自己建構的荒誕幻境。」白夫人幽幽說。

「是嗎？真的是這樣嗎？我最後上到那一片的銀杏林，氳氣瀰漫，如在夢中，我飛過一條發光的隧道，來到另一頭的燦爛銀杏林，好像觀看一齣電影，一對男女在花前月下，款款談心，你儂我儂，情意綿綿；跟著男女吵架，女子氣得漲紅脖子，拂袖而去，男子愛理不理，沒有追回女子；倏然男女又再在銀杏林約會，二人纏綿糾結，失足跌落水裡，擁抱直沉水底，我跳進水裡，潛游追著，突然有人大叫『影雪』，我清醒過來，升回水面，爬到岸上，心裡極為害怕，速離險境，駕車駛到群山的小山丘，小島強烈爆炸，全部東西都沉沒在水裡，煙消雲散，我知道了，事事都是你們悉心刻意安排，誘惑我再走進銀杏林，回顧重歷往事？令我記起那些恐怖驚心動魄的往事。」

「那一聲『影雪』是痴情司叫醒你，銀杏林是另一個『幻覺離恨天』的裝置，要讓你看到心裡最痛苦，你極力逃避、不堪回憶的事情。」陸社長異常深沉說。

「要是那個女子是我，那個男子是誰？我記起了，那是小宙，他是陸宙，他是我的情人。白夫人，你又是誰？你從小供養我，付錢給我念書，你是我的教母？還是你才是我的親生母親？」

「笨蛋，為什麼你和白夫人同樣也跟隨母親姓氏？」阿森突然插口。

「你好搞鬼，才不是，你出世時我十二歲，剛進入中學，每天忙著打零工努力張羅學費、賺取零用錢。」白夫人失笑了，繼續正經說：

「我本來也姓程，名字程臻，是你同父異母的姐姐，我們的爸爸是一個不成才，玩弄愛情的混蛋男人，我們的母親都是棄婦，我倆都是單親家庭長大，同病相憐。當年你母親去世後，他們找到了我，我是你唯一的親人，那時我已經離婚隱居，我曾經接你到忘情島生活幾個月，所以你對忘情島很熟悉，但是忘情島祇得我一個人和一班沒有感情的機械人，我忙著做研究，沒時間照顧你，你在小島沒有玩伴，過著十分孤寂的生活，我仔細考量，最後還是決定送你到孤兒院過群體的生活，你走之前，我在你腦袋的海馬體及長期記憶腦葉裡刪除了忘情島的記憶，故此你對忘情島只有朦朧的印象。」

「那麼當日我和小宙在銀杏林發生了什麼事情？小宙為什麼會死去？我又為什麼改名做程郢？我什麼也不記得。」

三人面面相覷，最後還是陸社長示意阿森回答，阿森娓娓道來：

「程是你老爸的姓氏，程郢這名字是你自己起的，『郢』來自《哀郢》，你說你失去的東西如屈大夫失去家國同樣珍貴，心裡同樣痛苦；『郢』與『影』是諧音，意思也指是情人的影子。」

「那麼陸宙呢？」

「陸宙是一名英俊活潑的青年男子，但是用情不專，經常見異思遷，我也被他吸引，是他忠實的粉絲，他也知道，對我沒有興趣但包容，他的生活哲學是人不風流枉少年，也是你的口頭禪，故此他喜歡追求年青漂亮的女孩子，愛拈花惹草，沉迷片刻激情的一夜情，像一隻穿花蝴蝶，不會永遠停留在某一朵花兒上，他自小跟石老爺子生活，學了不少稀奇古怪的絕活如魔術，製造小道具，後來運用來查案，也愛用來搭訕女孩子，他口舌便給，油腔滑調，總是討得她們的歡心，最後達到他的目的，他不愛念書，念完中學便跟著陸社長在徵信社工作，幾年後他們合作開了一間『宇宙徵信社』，我是那時加入的，一年前他死了，才改名字叫『洪荒徵信社』。」

「我是半年前才加入『洪荒徵信社』，陸宙已經死了？我怎樣認識他？」

「一年多前陸宙在偵查一件案件時認識了單影雪，她在一間律師行做秘書，她的性格溫柔羞怯內斂，跟陸宙的性格根本就是背道而馳，卻互相吸引，陸宙拚力追求，初時單影雪拒他於千里，陸宙鍥而不捨，終於奪得美人芳心，二人遊遍日本、台灣、新西蘭，過著熱戀的幸福快樂生活，令我羡慕不已，但是好景不常，很快陸宙就故態復萌，貪新厭舊，一邊瞞著單影雪，一邊約會其他女子，最初是瞞得住，終於東窗事發，單影雪在他的手機發現了他的不忠，二人曾經為此爭執好幾回，最終還是和好如初，有一次我們三人到台灣高雄旅行，怎料在旗津大風隧道你們再生嫌隙，大吵大鬧一場，惹惱了陸宙，他竟然狠心自己先行回家，獨自留下單影雪在高雄哆嗦，那天剛巧淒風苦雨，她在大風隧道哭哭啼啼了一整天，像極悲劇被遺棄的女主角，之後我跟她回來。」阿森停下來喝口茶。

「跟著怎樣？」

「過了幾日，陸宙收到單影雪一封絕交信，陸宙看過後，以為二人的關係已經結束了，而且還是單影雪一方提出，與他絕對無關，應該傷心是他，再也沒有找單影雪，過了一個星期後，陸宙又收到單影雪的簡訊約他最後一次見面，以後兩不相干，各行其是，陸宙也慨然赴約，約會地點就在一處山頂的銀杏林，當日我偷偷跟著陸宙去到約會地點，那裡就像小島那個銀杏林一樣燦爛。」

「後來怎樣？」

「二人見面，沒有吵架，相對無言，單影雪主動索吻，陸宙來者不拒，擁抱熱吻，愛戀纏綿，我還以為他倆舊情復熾，突然單影雪抱著陸宙跳落懸崖，一齊墮下，我飛身跑過去，看見單影雪緊抱著陸宙，陸宙掙扎不成放棄了，忽然陸宙用力轉身，姿勢變了單影雪在上面，著地時陸宙在下面做了她的墊子，他用身體保護了單影雪，我飛跑下山，單影雪昏迷不醒，陸宙還有一口氣彌留，若斷若續說：『告……訴……她我愛她，幫……我……照顧她。』他說完後就死了。」

程郢已經哭不成聲，摟著白夫人哀慟不已，凝噎訴說：

「我寫那一封絕交信祇不過是試探他對我的情分，可是，過了一個星期他還是沒有再找我，我認定他是這樣狠心，說分就分，沒有半點情意，他不愛我了，是他拋棄了我，我要結束這一段孽緣，我下定決心跟他做一對同命鴛鴦，我要用死亡見證我的愛情，我抱著他一起跳下懸崖，他先是驚恐，轉而露出平常狡猾的笑容，他用力轉身到我的下面，笑著吻我，在我耳邊說他不會和我一起上路，他會留下我獨自在人世間抱憾終生，他太了解我的性格了，我愛中有恨，我不知道他是愛我，還是恨我，但是我很清楚知道，他就是要我這一生一世永遠記著他，永遠痛活傷心生活下去，永遠思念他，直到死亡。」

「我從來沒有告訴你他最後的遺言，我嫉妒，我不忿，不甘心，我恨你，我恨你殺死陸宙，接著若無其事，活得像個揚眉女子，逍遙自在過日子。我咀咒你長命百歲，從今以後永遠痛苦悲傷活下去。」阿森吼聲痛罵她後，逃離徵信社。

「後來我懇求白夫人你剪除我以前的記憶，植入陸宙本人的記憶在我的海馬體，轉化成長期記憶，讓我永遠記著他，但是我只記著他的個性，卻沒有記著他那個人，我受到陸宙的個性影響，行為越來越像他，像一個女版的陸宙，變得喜歡泡吧、釣男人。還給自己改了新的名字叫程郢，就是我現在的模樣。」

「影雪，不是這樣的，我根本沒有替你做手術，沒有刪除你以前的記憶，也沒有植入陸宙的記憶，我不想你受到陸宙的影響，支配你的下半生，但是你還是憑著你自己強橫的意志，矢志不移要變作陸宙，你要用這種方法永遠愛戀他，永遠記著他，那是一種變本加厲的畸戀。」

「那麼為什麼我變得像陸宙一樣的性格？」

「那是你太愛他的緣故。在戀愛過程裡，愛戀一個人往往會模仿對方，愛到極致，就會直接變做對方，這些事情經常在戀愛裡發生，但丁說過：『愛是一顆溫柔的心。』尼采的《朝霞》其中一篇〈愛令人相同〉，他提出最溫柔的欺詐理論，當你愛上一個人，為了讓對方沒有陌生感，往往擺出志同道合的姿態，模仿對方。」

「那跟我有什麼關係？」

「影雪你的情況異常極端，你要與陸宙同生共死，用死亡作為你們的愛情見證，陸宙偏偏要讓你一個人活下去作為報復，誓死也要你一直愛戀他，永遠記住他直到死亡，這種衝擊令你整個人的思想被陸宙枷鎖著，你生了病。」

「我生病？」

「你患了選擇性失憶病，那是人類的防禦機制，當人們遭遇重大創傷或刺激，無法承受強大的精神壓力，潛意識裡會選擇忘記這件事，認為它沒有發生過，甚至還可能編造另一個故事解釋，表面上這件事已經被忘記，不過仍舊儲存在腦袋直到永遠，醫學上叫心因性失憶，是一種反常遺忘現象，你遺忘了自己和那些不堪回首的往事，祇保留著對陸宙的記憶，你愈想念他，你就愈模仿他，甚至你的思想、行為完全改變得跟陸宙一模一樣，你潛意識認為直接做了陸宙才有愛戀的感覺，這是一種變態的畸戀而不自知，所以你時常叫自己做小弟，去泡吧，釣男人，沉溺一夜情，豪放不羈，放浪形骸，一直做著陸宙經常做的事情。」

「你們建構小島的場景就是喚醒我，令我走進『幻覺離恨天』面對過去的不堪事實，才能從陸宙設下的桎梏牢籠逃出來，不要沉迷落去，不要折磨自己，不要再陸宙？我真的深愛著他。」

「我們覺得你很可憐，整天活在一個死人的墳墓裡，為他癲狂，為他血祭陪葬，你不要再模仿陸宙了，你要做回自己才是永遠愛他的正確方法。」

「姐姐，那麼你自己呢？」

「我已經沒有肉身了，祇有感覺，精神的慰藉。我祇能夠這樣想，白磊一定非常愛我，臨終時他祇記得我一個人，才會千辛萬苦回到小島找我，最後我跟他在一起，跟他一起死去，我才有擁抱愛情的感覺。」

「程臻，愛不能虛偽，昇華才是最美，你靈動飄逸，是引領白磊的動力。」

「陸社長，謝謝你的抬舉厚愛。我祇是推理小說讀者眼中那個不可或缺，個性鮮明，有強烈執念，邪氣不外露，被男人拋棄，受過嚴重心靈創傷，將恨意怨念煉成武器，隨便殺人的兇手，他們並不認為我是一個有血有肉，愛恨分明，明辨是非的女子。不了，我的記憶漸漸流失，我正在忘記你們，我要走了。」

「姐姐，你勉強留下就是要點化我，要不是你，我會永充遠沉淪不會清醒過來，姐姐，不要走啊，請你不要走。」程郢力竭聲嘶叫喊。

「離別最傷心，何況再難相見，永別了。阿當，我來了。」

痴情司猝然停頓，沒有表情，身體癱軟在沙發，雙眼空洞無神看著牆壁。

「祇有分離才讓他們永遠在一起。」陸社長深深長太息。

尾聲

不久在白夫人私人產業的小湖泊裡冒起一座心形小島，中間有隘路，兩邊聳立崖壁的小山丘，小島遍植銀杏樹，每當銀杏明黃絢麗燦爛的時序，薄暮愁起，總有一名穿黑紗衣裳裙帶的女子徘徊留連，手拈黃葉，含睇溶溶秋水，嘆息哀聲低吟：「殘照相思樹，樹下說相思。相思令人苦，思君令人老。長念無自主，欲棄猶自傷。斷續苦思量，還是相思好。」

旁人戲稱她是天涯斷腸人。

國家圖書館出版品預行編目

還是相思好 / 顧日凡著. -- 臺北市：獵海人,
2023.05
面；　公分
ISBN 978-626-97026-6-4(平裝)

857.7　　　　　112005315

還是相思好

作　　者／顧日凡
出版策劃／獵海人
製作銷售／秀威資訊科技股份有限公司
114 台北市內湖區瑞光路76巷69號2樓
電話：+886-2-2796-3638
傳真：+886-2-2796-1377
網路訂購／秀威書店：https://store.showwe.tw
博客來網路書店：https://www.books.com.tw
三民網路書店：https://www.m.sanmin.com.tw
讀冊生活：https://www.taaze.tw

出版日期／2023年5月
定　　價／300元